Einladung mit Begleitung

Gay Romance

das Buch

Samantha sucht eine Begleitung für die Weihnachtsfeier ihres Arbeitgebers. Trotz einiger Bedenken fällt die Entscheidung auf ihren besten Freund Marc. Der hat die dumme Angewohnheit, sich ausgerechnet an die Männer heranzumachen, auf die sie ein Auge geworfen hat. Doch diesmal soll die Sache anders laufen …

Eine Weihnachtsfeier mit recht unchristlichen Gedanken, einigen Ausfällen und zielgenau fehlgeleiteter Konversation.

der Autor

Bereits während der Schulzeit hat Florian Höltgen seine Leidenschaft für Bücher entdeckt. War es zunächst die Flucht vor dem Alltag, die ihn lesen ließ, verbrachte er schon bald die Nächte damit, selbst Geschichten zu schreiben.

Florian Höltgen lebt mit seinem Freund und einem imaginären Wunschhund in Düsseldorf. Weihnachten mag er gar nicht, dafür rastet er aus, WENN ER PONYS SIEHT!!! Hemhem – alles gut, alles gut, bitte gehen Sie weiter, es gibt hier nichts …

Florian Höltgen

Einladung mit Begleitung

Gay Romance

Bibliografische Information der Deutschen Nationalbibliothek

Die Deutsche Nationalbibliothek verzeichnet diese Publikation in der Deutschen Nationalbibliografie; detaillierte bibliografische Daten sind im Internet über http://dnb.d-nb.de abrufbar.

Florian Höltgen
Einladung mit Begleitung
Gay Romance

© 2014 Florian Höltgen
www.florian-hoeltgen.de
Cover- und Buchgestaltung: Florian Höltgen
Weihnachtskugeln Cover 60948284 © Tamara Kulikova – Fotolia.com
Label und Ornamente Cover / Kapitel 73825041 © Giraphics – Fotolia.com
Hintergrundstreifen Cover 33831167 © Pixel Embargo – Fotolia.com

Herstellung und Verlag: BoD - Books on Demand, Norderstedt
ISBN-13: 978-3738657456
2. Auflage Oktober 2015
Originalausgabe Dezember 2014

Für Franziska Böhme,
die mir immer ein bisschen
von der Sonne zukommen lässt,
die sie mit sich trägt :)

Danke an Manu,
ohne deren Aufmunterungen und lieben Worte
ich wahrscheinlich gar nichts geschrieben hätte,
auf jeden Fall mal nichts zu Ende ;)

Kapitel 1

»Du weißt, dass ich ihn liebe, aber …« Sam brach ab. Sie wollte ihren besten Freund nicht schlechtmachen.

Rose zog kräftig am Stoff, um das Kleid in der Taille zu straffen. »Du hast abgenommen.« Es klang beinahe vorwurfsvoll. »Du meinst es wirklich ernst, oder?«

»Wenn du wüsstest, wie der Kerl aussieht, würdest du mich verstehen.«

»Du musst aufpassen, dass es nicht zu wenig wird. Deinen Kampfgeist in allen Ehren, aber irgendwann ist der Punkt erreicht, da sieht es nicht mehr gut aus, sondern eher – gegenteilig.«

Sam machte sich los und trat vor den Spiegel. Der Anblick gefiel ihr. Rose hatte mal wieder ganze Arbeit geleistet. »Ich begreife noch immer nicht, weshalb du keine berühmte Designerin bist.«

»Weil es unendlich viele Talente gibt, die meilenweit besser sind als ich.«

»Du bist zu bescheiden.«

»Und du zu ehrgeizig.« Rose stellte sich neben sie und beäugte ihr Werk kritisch. Im Gegensatz zu Sam hatte sie ein paar Pfunde mehr auf den Hüften, was sie aber mit einer herzenswarmen Ausstrahlung locker wettmachte.

Sam beobachtete ihre Freundin eine Weile. Vielleicht war langsam wieder ein Besuch beim Friseur nötig. Bei all ihrer Arbeit, um andere gut aussehen zu lassen, vergaß Rose sich selbst manchmal. »Komm du doch mit. Wann warst du zuletzt aus? Neunzehnhundert…«

»Jetzt lenk nicht vom Thema ab, hier geht es nicht um mich.«

»Schau an, wie biestig du reagierst. Du kannst einen spaßigen Abend gut gebrauchen. Wir könnten uns vorher einen Beautytag gönnen. So richtig mit allem Drum und Dran. Und dann bist halt du meine Begleitung.«

»Ich hab schon immer vermutet, dass du eine lesbische Ader hast.«

»Es hätte auf jeden Fall Vorteile. Ich müsste mich nicht herrichten und bräuchte keine Diät.«

»Die brauchst du ohnehin nicht. Schau dich bitte an.« Rose deutete auf den Spiegel. »Los!«

Sam sah eine Frau Mitte dreißig, die es im Berufsleben mäßig weit gebracht hatte. Dafür hatte ihr das Glück ein durchaus vorzeigbares Äußeres beschert. Und Rose hatte selbstverständlich recht: Ihre Figur kam dank der verlorenen zwei Kilo hervorragend zur Geltung. Wenn sie jetzt noch ihr Haar hochstecken ließ und ein natürliches Make-up auflegte, konnte sie sich selbst mit kritischem Blick halbwegs als Schönheit durchgehen lassen.

»Du siehst super aus, glaub mir.« Rose legte ihr den Arm um die Taille. »Und dir gefällt es wirklich?«

»Machst du Witze? Ich bin mir ganz sicher, dass das Kleid mich ausführen wird und nicht umgekehrt.«

»Ich hatte ein paar Bedenken, weil es vielleicht einen Touch zu viel Prinzessin hat.«

Sam drehte sich prüfend. »Ein wenig märchenhaft ist es schon, aber genau im richtigen Maß.«

»Nicht kitschig?«

»Dafür ist es zu schlicht und edel. Es ist einfach fantastisch. Danke!«

»Ich will nicht daran schuld sein, wenn dir dein Traumprinz durch die Lappen geht.«

»Das könnte noch am ehesten passieren, wenn ich tatsächlich Marc mitnehme.« Sam hielt erschrocken die Luft an. Jetzt war es ihr doch rausgerutscht.

Rose lachte. »Der Süße kann dir niemanden wegnehmen, der sich nicht wegnehmen lassen will.«

»Ja, stimmt auch wieder.« Sam spannte die Kiefermuskeln an.

»Lass das! Du siehst gleich fünf Jahre älter aus, wenn du das machst.«

»Na herzlichen Dank.«

»Willst du etwa, dass ich nur den Honiglöffel schwinge? Glaub mir, ich mag dich, aber ich will dich nicht heiraten, nur weil du keinen Kerl abkriegst. Ich kann dir höchstens noch eine Katze schenken, wenn es in ein paar Jahren dann gar keine Hoffnung mehr gibt.«

Sam lachte. »Und was ist mit dir?«

»Was soll mit mir sein? Ich habe meine Arbeit.«

»Ich doch auch!«

»Du hast bloß einen Job. Erzähl mir nicht, dass es deine Berufung ist, die Werbeideen anderer Leute durch die Gegend zu schieben und Termine für die ach so wichtigen Herren zu organisieren.«

»Gut, ich gebe mir ja schon Mühe. Der Kerl ist fällig. Aber ich bleibe dabei, dass du auch mal wieder raus musst. Komm mit, bitte.«

»Ich hab eine Verabredung.«

»Du lügst.«

»Und wenn schon, ich begleite dich trotzdem nicht auf diese öde Weihnachtsfeier. Ich kann mit dem Christenkrampf nicht das Geringste anfangen. Erst recht nicht, wenn es noch dazu eine stinkend langweilige Firmenveranstaltung ist. Da solltest du dir schon was Besseres ausdenken, um mich vor die Tür zu bekommen.«

»Es würde aber weniger blöd aussehen mit dir als nette Freundin an meiner Seite.«

»Das Aussehen ist mir in dem Fall mal egal, mir reicht es völlig, dass ich mich blöd fühlen werde.«

»Es gibt Champagner und ein Fünf-Sterne-Büfett.«

»Nur weil ich rund bin, heißt das noch nicht, dass ich dir in die Futterfalle gehe.«

Sam schnappte nach Luft. »Du weißt, dass ich das nicht so …«

»Ja, weiß ich.« Rose lachte. »Trotzdem gehst du schön mit deinem Marc da hin. Ihr seht zusammen einfach umwerfend aus. Und wenn dein Schwarm da vom Äußeren her mithalten kann, wird es ja kein Problem sein.«

»Kann er. Und ich denke nicht, dass er jemand ist, der sich da einschüchtern lässt. Er ist schon ein wenig reifer und hat sicherlich ein gesundes Selbstbewusstsein. Ich will mich nur nicht in peinliche Situationen bringen.«

»Was kann peinlicher sein, als vor lauter Verzweiflung eine dicke Freundin mitzunehmen?«

»Hörst du wohl auf?«

»Dann hör du auf, mich auf eine ätzende Geschäftsfeier mitschleifen zu wollen. Ich habe Besseres zu tun, als mich abseits mit Schampus über mein Alleinsein hinwegzutrösten, während ich dir beim Balzen zuschauen darf.«

»Wer sagt denn …«

»Ich sage das. Du gehst schließlich auf die Party, um dir den Mann zu angeln. Da kannst du dich wohl kaum um mich alte

Jungfer kümmern, oder?«

»Die Einladung ist ausdrücklich mit Begleitung. Was, wenn er seine Frau mitbringt? Dann wäre ich allein.«

»Nein, in dem Fall hast du Marc. Wie ich es heraushöre, schuldet er dir ohnehin noch was. Gib ihm ruhig die Chance, seine bisherigen Fehltritte wiedergutzumachen und lass mich aus dem Spiel. Ich mag genauso wenig allein sein. Männer kommen da besser mit klar – schwule Männer erst recht …«

»Meinst du wirklich?« Sam dachte daran, wie ähnliche Arrangements zwischen Marc und ihr bislang zuverlässig in die Hose gegangen waren. »Ich suche mir echt immer die Schwulen aus – oder zumindest diejenigen, die mal kurz mit meinem besten Freund was ausprobieren wollen …«

»Na, dann ist es doch nur logisch, dass du ihn mitnimmst.«

»Warum? Damit ich ein weiteres Mal sauer auf ihn sein muss?«

»Damit du weißt, ob sich der Aufwand für Mister Superschön von Reif und Selbstbewusst auch tatsächlich lohnt. Wenn er mit seiner Frau da ist, kommst du mit Marc komfortabel da durch. Alle werden denken, ihr seid das perfekte Paar. Keine lesbische Beziehung, keine Trostfreundin als Ersatz, kein Singleauftritt.« Rose räusperte sich. »Wobei ich das jetzt gar nicht so schlimm fände. Also ich an deiner Stelle würde mich nicht von einem Mann abhängig machen. Geh einfach als stolze Singlefrau hin.«

»Nein. Das nimmt man dir vielleicht ab, bei mir wirkt es höchstens erbärmlich.«

»Na ja, wie du meinst. Jedenfalls gibt's dann noch die Möglichkeit, dass dein Supermann solo ist und sich von Marc umgarnen lässt. Sag mal, ist der echt so schlimm und muss jeden Schlips erlegen, den du näher anschaust?«

Sam spannte wieder die Kiefermuskeln an und erntete einen bösen Blick. »Na ja, es ist halt schon vorgekommen. Mehr als einmal. Wirklich, ich liebe ihn über alles, aber es wird endlich Zeit, dass er dauerhaft einen Partner hat. Ich kann ihn jetzt bereits hören, wie er sich bei mir entschuldigen wird. Am Ende soll ich dann Verständnis haben, weil genau dieser Kerl, den ich mir ausgesucht hab, seine große Liebe sein könnte. Also das ganze Drama.«

»Es bleibt jedoch ein guter Test. Wenn dein Schöner darauf einsteigt, weißt du, dass du am falschen Klingelschild gedrückt hast. Vermutlich hat der hübsche, einfühlsame, humorvolle, provokante Marc dich schlichtweg verdorben.«

»Wie meinst du das?«

»Schwule können für Singlefrauen ziemlich gefährlich sein. Glaub mir, ich weiß, wovon ich rede. In meiner Branche kann ich ausreichend Erfahrungen sammeln. Es ist einfach so, dass man sich mit der Zeit an einen bestimmten Typ Mann gewöhnt. Und wenn wir dann in der freien Wildbahn auf der Pirsch liegen, entscheiden wir uns für die Gutaussehenden mit Stil, die gescheit reden können und uns mit ihrem Einfühlungsvermögen dahinschmelzen lassen. Das funktioniert so gut, dass wir nicht mal misstrauisch werden, wenn da plötzlich ein zweiter Kerl auftaucht und unserem Schwarm das Händchen hält oder den Hintern tätschelt.«

Sam machte große Augen.

»Ja, kannst du ruhig gucken. Ich hab doch gesagt, dass ich mich auskenne. Und jetzt weißt du, weshalb ich mit meiner Arbeit verheiratet bin.« Rose zwinkerte.

»Es ist ja nicht nur, dass ich mir meinen Traum von Mann nicht wegschnappen lassen möchte. Ich will vor allem keinen Streit mit Marc. Es wäre blöd, ihn in Versuchung zu bringen, obwohl ich seine Schwäche kenne.«

»Du weißt doch, was dich eventuell erwartet. Sauer kannst du nur sein, wenn du ihm den Spaß mit deinem Mister Right nicht gönnst.«

Sam biss die Backenzähne wieder aufeinander.

»Vierzig!«

»Was?«

»Du siehst gerade aus wie vierzig.«

Sam setzte schnell ein strahlendes Prinzessinnenlächeln auf.

»Besser. Sehr viel besser. Und genau das machst du jetzt ebenso mit deiner Einstellung zum Singledasein. Weniger verbissen gucken, mehr locker lächeln. Wenn du so krampfhaft auf Männerfang gehst, musst du dich nicht wundern, dass die plötzlich ihre homosexuelle Ader entdecken. Schau, ich hab auch schon Angst vor dir. Also: Entspann dich!«

»Einfacher gehört als befolgt. Auf der Arbeit haben sie fast alle Partner und erzählen den lieben langen Tag von ihren Kindern. Ständig hält mir irgendwer Bilder von den immergleichen Kleinen vor die Nase und will sie bestaunt wissen. Dann die Hochzeitsfotos auf den Schreibtischen und die Gespräche von Urlauben. Ich komme mir manchmal vor, als gehöre ich überhaupt nicht dazu.«

»Und genau solche kleinen Details lassen dich nach der Gesellschaft schwuler Männer suchen. Ich warne dich, irgendwann schaffst du es da nicht mehr raus. Es sei denn, du machst es wie Madonna in diesem Film. Ich glaub, da würde sich dein Kind nicht beschweren, wenn du es mit den Genen von Marc ausstattest.«

»Bleibt das winzige Problemchen, dass ich nicht mit ihm schlafen will – und er schon gar nicht mit mir.«

»Der Zaubertrank heißt Champagner.«

»Mach so weiter und ich bleibe einfach zu Hause und suche mir lieber eine richtige Berufung, anstatt nur mit einem blöden Job Geld zu verdienen. Inzwischen glaube ich ohnehin, dass man eher eine Arbeit finden kann, in der man richtig aufgeht, als einen geeigneten Mann.« Sie spannte die Kiefermuskeln wieder an.

Rose riss den Zeigefinger hoch.

Augenblicklich lächelte Sam möglichst grazil und klimperte mit den Augen.

»Sehr gut! Kein Zähneknirschen, keine bitteren Fältchen. Noch ein bisschen Übung und ich kann dich mein schönes Kleid ohne Reue tragen lassen.« Sie blickte kritisch in den Spiegel. »Natürlich nicht, bevor ich hier nachgebessert habe.« Sie raffte an der Taille herum. »Los, ausziehen!«

Sam schob sich den Stoff von den Schultern. »Ich glaube, du hast recht.«

»Selbstverständlich! Wenn du nicht schleunigst mit diesem Bittergesicht aufhörst, kannst du bald ein Botox-Abo buchen.«

»Nein, ich meine doch mit Marc.«

»Da natürlich auch.« Rose grinste. »Also steht deine Begleitung fest?«

Sam wiegte den Kopf. »Ich denke schon. Ich hab da gerade eine witzige Idee.«

»Scheiße …« Jaylin öffnete den Krawattenknoten wieder. Er hasste die Dinger. So ganz wollte er auch nicht einsehen, weshalb sie ausgerechnet auf der Weihnachtsfeier, die allen Spaß machen sollte, zur Abendgarderobe verdonnert wurden. Nicht mal im Büro musste er sich so offiziell anziehen. Und während der letzten sechs Jahre, die er nun schon für *Carry & J. Bitterfield* arbeitete, hatte er sich von seiner anfänglich biederen Garderobe immer weiter weg hin zu einem lässigen Casual-Look bewegt. Inzwischen brauchte er nicht mal mehr eine Hand, um die Tage des Jahres zu zählen, an denen er sich mit so einem Galgen strangulierte. Überhaupt passte ihm das knallige Blau so gar nicht.

Entnervt zog Jaylin auch das weiße Hemd aus. Er würde einfach eins der Modernen mit dem langweiligen Anzug kombinieren. Bereits beim Überstreifen gefiel ihm der Entschluss deutlich besser. Das Hemd wirkte dank eines nervösen Paisleymusters eher dunkelgrau. Zusammen mit der schwarzen Hose und den Schuhen könnte er so fast schon auf einer Beerdigung auftauchen. Entschieden zog er noch eine dunkelgrüne Seidenweste über, die dem modischen Schnitt des Hemds mit seinem spitzen Kragen einen altmodischen Kontrast entgegensetzte. Dazu wählte er dann mutig eine fein gemusterte Krawatte in leuchtendem Grasgrün. Immerhin konnte man ihm jetzt nicht mehr vorwerfen, dass er Trauer trug, obwohl ihm natürlich durchaus danach war. Generell schien die Farbwahl nicht ganz stilsicher zu sein. Aber das wollte er als seine eigene Art von Protest durchgehen lassen. Glücklicherweise würde man es ihm als Texter nicht krumm nehmen. Bei den Designern sah das schon anders aus, da gab es öfter mal einen Spruch, wenn sie modisch daneben langten.

Jaylin seufzte. Jedes Mal das gleiche Spiel. Er fragte sich immer wieder aufs Neue, warum er den Zirkus überhaupt mitmachte. Es wäre doch ein Leichtes, sich einfach zu entschuldigen. Dann würde er für die nächsten Tage auf der Arbeit ein bisschen außen vor sein, weil alle außer ihm über ihr gemeinsames Erlebnis reden konnten. Wirklich böse würde jedoch niemand sein. Wahrscheinlich würden sie ihn nicht mal vermissen. Er war zwar allseits beliebt, hatte aber keinen übermäßigen Bezug zu seinen Kollegen. Wenn es nach seiner Einschätzung ging, dann war eher das Gegenteil der Fall. Während sich die anderen gern und oft über ihre Frauen und Kinder unterhielten, über gemeinsame Urlaube und familiäre Geschichten, über Anschaffungen und die zahllosen Pannen, die das erwachsene Leben so mit sich brachte, kam sich Jaylin eher wie ein Zaungast vor. Das machte den anderen nicht viel aus, weil es meist ohnehin lediglich darum ging, irgendwie Anerkennung zu bekommen. Solange jemand nur zuhörte, lächelte, nickte und Anteil nahm, war es vollkommen in Ordnung, wenn er selbst nichts zum Besten gab. Dabei hatte er sich vor drei Jahren durchaus mal überlegt, ob er nicht von seinem Urlaub mit Stanley erzählen sollte. Das war eine kurze Phase gewesen, als er generell über Kündigung nachgedacht hatte. Es hatte ihn gekitzelt, auszuprobieren, ob man in der Werbebranche eventuell lockerer mit Homosexualität umging. Und da er den Arbeitsalltag ohnehin sattgehabt hatte, war die Furcht vor einer weiteren Flucht nicht sonderlich groß gewesen. Nach seinem unfreiwilligen Outing in der Firma davor hatte er die darauf folgenden ständigen Sprüche und blöden Witze nicht mehr ausgehalten. Er hatte sich bei seiner liebsten Kollegin verplappert, die sich dann plötzlich als erzkonservative Katholikin herausgestellt und seine Homosexualität überall angeprangert hatte.

Im Grunde ahnte Jaylin, dass es bei *Carry & J. Bitterfield* anders laufen würde. Und vielleicht wäre das mit dem Outing damals gutgegangen und er hätte seine Krise auf diese Weise überstanden. Einige Kollegen hätten sicherlich gestutzt und es wären garantiert ein paar Sprüche gefallen. Aber am Ende wäre es okay gewesen und er hätte sich am Arbeitsplatz wieder wohler gefühlt. Zumindest wusste er von niemandem im Job, der besonders religiös war.

Kurz bevor er seine Idee jedoch in die Tat umsetzen konnte, hatte sich Stanley aus dem Staub gemacht. Der Mistkerl hatte sich Hals über Kopf unsterblich in einen Stricher verliebt. Und das waren Geschichten, die er ganz bestimmt nicht auf der Arbeit verbreitet wissen wollte. Dabei hätte er in der Zeit ein wenig Verständnis und Zuspruch gut gebrauchen können. Immerhin hatte er dank des Liebeskummers seine Unlust die Arbeit betreffend vergessen und war einfach dageblieben.

Versonnen blickte Jaylin in den Spiegel. Mit zweiunddreißig sah er noch nicht wirklich alt aus. Dass er durchaus eine Wirkung auf andere Menschen hatte, war ihm in der letzten Woche hin und wieder klargeworden, als die Brünette aus der fünften Etage ihm immer öfter vielsagende Blicke zugeworfen hatte. Vorgestern hatte sie ihn sogar gefragt, wen er denn zur Weihnachtsfeier mitbrachte. Jaylin schüttelte amüsiert den Kopf. Er hatte natürlich gleich gedacht, dass sie lediglich etwas über seine Vorlieben herausfinden wollte. Das Spiel kannte er bereits. Eben weil er nichts erzählte, zimmerten sich die meisten ihre eigene Version seines

Lebens zurecht. Und wenn sie sich dann unterhielten, stellten sie manchmal fest, dass sie im Grunde nichts wussten. Das wiederum war ihnen so unangenehm, dass sie ihn nicht direkt fragten, sondern irgendwie anders an die Informationen herankommen wollten. Ein bisschen wie in der Schule. Erst, als die Brünette mit einem kessen Hüftschwung fortgegangen war, hatte Jaylin allmählich begriffen, was ihr eigentliches Anliegen gewesen war. Ein wenig fühlte er sich auch jetzt noch, als ginge es heute zum Abschlussball.

»Vielleicht wird's mal wieder Zeit«, sagte er zu sich selbst. Seine Beziehung mit Stanley war schon Ewigkeiten her und in der Zwischenzeit hatte sich nicht wirklich viel ergeben. Genau genommen gar nichts, wenn man mal von zwei mehr oder weniger wilden Knutschereien und einer recht harmlosen Fummelei absah.

Stanley hatte ihn mit diesem Stricher betrogen, da war sich Jaylin absolut sicher. Nicht, dass er nicht mit dem Betrug klargekommen war. Wahrscheinlich hätte er seinem damaligen Freund sogar verziehen, wenn es nur den geringsten Funken Hoffnung gegeben hätte. Aber Stanley war völlig neben die Spur geraten. Die große Liebe bei einem Stricher zu finden, das war in etwa so, als wenn man tatsächlich daran glaubte, dass die Waffenlobby nur deshalb mehr Schusswaffen in den Händen der Menschen wissen wollte, damit jederzeit der Frieden notfalls mit Gewalt durchgesetzt werden konnte.

Soweit Jaylin wusste, war sein Ex inzwischen mit einem Pornodarsteller liiert. Sie führten eine offene Beziehung. Zumindest konnte man dergleichen und mehr auf einschlägigen Blogs und Twitter lesen. Das hatte ihn schließlich endgültig überzeugt, dass Stanley und er schlicht in zwei unterschiedlichen Universen lebten.

Mit gerunzelter Stirn dachte er an die Wochen und Monate, in denen er sich nicht sicher gewesen war, ob er sich vielleicht über Stanley irgendwas von dem Stricher eingefangen hatte. Und genau das war der Grund, weshalb er sich nicht sonderlich dafür interessiert hatte, einen Nachfolger für seinen Ex zu suchen. Man wusste schließlich nie, was wer noch alles mit wem trieb. Da blieb er lieber für sich und musste damit auch kein Geläster über seine verkorkste Beziehung befürchten. Nicht auszudenken, was das für ein Skandal auf der Firma geworden wäre. Kaum outete er sich und erzählte von seinem Freund, da hätte er schon den nächsten bekanntgeben müssen. Damit hätte er gegenüber seinen Kollegen wohl alle Klischees bestätigt und für ordentlich Klatsch gesorgt. Und da war sich Jaylin ganz sicher: Das hätte er dort nicht überstanden und erneut die Flucht ergriffen. Das Gerede konnte er sich lebhaft vorstellen. Erst stellte er sich mit ihnen auf eine Stufe, indem er von seinem Partner erzählte und auf heile Welt machte, und dann brannte ihm der Kerl mit einem Stricher durch, um am Ende seine Liebe bei einem Pornosternchen zu suchen, während er selbst sich auf alles Mögliche testen lassen durfte.

Im Grunde war Jaylin durchaus der Meinung, dass die meisten Leute recht offen mit Homosexualität umgehen konnten, wenn sie nicht gerade die Bibel mit sich führten. Aber mit einer solchen Geschichte sähe es mit der Toleranz wieder anders aus. Natürlich gab es auch Kollegen, die von ihren Frauen verlassen wurden, das passierte gar nicht so selten. Oder sie suchten sich selbst eine neue Partnerin. Hier allerdings wurde doch ein Unterschied gemacht. Bei heterosexuellen Beziehungen war es immer ein Drama oder aber etwas, das man letztlich nicht gutheißen, aber wofür man irgendwie Verständnis aufbringen konnte. Von Schwulen erwartete man nichts anderes. Und auf das Getuschel konnte Jaylin absolut verzichten. Entsprechend war er durchaus zufrieden damit, sein Privatleben aus dem Geschäftsbetrieb vollkommen rauszuhalten.

Er atmete tief durch, als ihm klarwurde, dass das eigentlich genauso für diese unsägliche Weihnachtsveranstaltung gelten müsste. »Na ja …«

Ein letztes Mal betrachtete er sich gründlich im Spiegel, bevor er entschied, mit sich einverstanden sein zu können. Er brauchte nicht mal lange bleiben, vielleicht eine Stunde oder zwei. Möglicherweise würde er danach noch bei einem Szenelokal vorbeischauen. Konnte ja sein, dass es heute mal nicht nur beim Knutschen blieb. Lust hätte er schon. Aber wirklich daran glauben konnte er nicht. Diesen Klischeespruch fand er zwar ziemlich dämlich, trotzdem fühlte er sich irgendwie eingerostet. Wenn es um Sex ging, pflegten die meisten Schwulen erst gar nicht zu sprechen. Und das wiederum ließ ihn zu sehr an Stanley und seine Stricher und Pornosternchen denken. Er wollte nicht mit jemandem Unbekanntes rummachen, der am Anfang nur nickte oder gar zwinkerte und nach dem Schuss gleich wieder davonlief. Sobald es mit einem Typ aber beim Gespräch gut lief, fiel üblicherweise das Körperliche aus, weil man in dieser Beziehung dann doch nicht passte oder sich plötzlich zu gut kannte. Ja, das hatte er durchaus schon gehört, dass er nach ein wenig Informationsaustausch sexuell unattraktiv geworden wäre.

Einen Augenblick lang überlegte Jaylin tatsächlich, ob er sich nicht einfach wieder ausziehen und für einen netten Filmabend allein ins Bett verkriechen sollte. Das Wochenende war ohnehin viel zu kurz, als dass man es mit seinen Kollegen noch zusätzlich beschneiden müsste. Bestimmt würde es nicht mal auffallen. Gut, eventuell würde die Brünette sein Fehlen bemerken. Soweit er wusste, arbeitete sie als Chefsekretärin. In den letzten Jahren war er ihr vielleicht ein Dutzend Mal über den Weg gelaufen. Sie saßen bei *Carry & J. Bitterfield* quasi an Nord- und Südpol. Er zögerte, dann fiel ihm ihr Name ein: »Samantha, aber du kannst mich

Sam nennen.«

Er grinste, weil er ihren Spruch wiederholte hatte. Wenn er nicht schwul wäre, könnte er sich wohl glücklich schätzen. So allerdings hatte er ein bisschen Sorge, in einer ausgelassenen Stimmung auf Samantha zu treffen. Er konnte nur hoffen, dass sie sich mit dem Champagner zurückhielt. Irgendwie hatte sie es in den letzten Tagen völlig überraschend geschafft, ihm den Eindruck zu vermitteln, durchaus übergriffig werden zu können. Es wäre nicht Jaylins erste Erfahrung in diese Richtung, und er würde liebend gern darauf verzichten. Glücklicherweise war in der Einladung ausdrücklich Wert auf eine Begleitung gelegt worden. Damit standen die Chancen nicht schlecht, dass Samantha nicht allein zur Weihnachtsfeier kam, was das Gefahrenpotential schon mal ein wenig reduzieren dürfte.

Es klingelte. Der Taxifahrer sagte sich über die Sprechanlage an. Wieder zögerte Jaylin, ob er nicht lieber zu Hause bleiben sollte. Dann bestätigte er aber die Bestellung und verließ die Wohnung.

Dass er wohl den einzigen Fahrer auf der Welt erwischt hatte, der das Auto in völliger Gelassenheit durch den Verkehr lenkte, störte ihn überhaupt nicht. Die Fahrt wirkte unerwartet beruhigend. Es schneite leicht und die Weihnachtsbeleuchtungen strahlten und blinkten miteinander um die Wette. Überall rannten Menschen herum, weil sie dringende Termine hatten oder bloß den Schneeflocken entkommen wollten. Monoton fegten die Scheibenwischer über das Glas. Jaylin war froh, dass er sich den Luxus gönnte. Bei der Aussicht auf eine Bahnfahrt mit anschließendem Fußweg bei diesem Wetter hätte er ganz bestimmt die Variante mit dem Bett und dem Film vorgezogen.

»Haben Sie es nicht eilig?« Der Fahrer schien ein wenig verwundert zu sein.

Jaylin grinste. »Ganz und gar nicht.«

»Gut. Heute ist viel mehr los als sonst. Die wollen alle zu irgendwelchen Weihnachtsfeiern und Firmenveranstaltungen und einkaufen, einkaufen, einkaufen. Noch nie habe ich so viele Menschen einkaufen gesehen. Manchmal passen sie selbst kaum noch in den Wagen rein, weil alles voll von ihren Tüten ist.«

Jaylin verkniff sich die Frage, wo sein Fahrer denn herkam. Es war klar, dass er noch nicht so lange in der Stadt arbeiten konnte. Das hatte nichts mit seinem indischen Äußeren zu tun, sondern vielmehr mit der erstaunlichen Ruhe. Jaylin erinnerte sich nicht, wann er zuletzt so gelassen in einem Taxi gesessen hatte.

»Was ist es bei Ihnen?«

»Bitte?«, fragte er.

»Wo müssen Sie hin? Also, was haben Sie vor?«

»Ach, Weihnachtsfeier.«

»Oh …«

»Von der Firma aus«, ergänzte er.

»Sie haben keine Lust?«

»Nicht wirklich. Fahren Sie ruhig weiter so. Je später ich da bin, desto weniger Zeit muss ich dort absitzen.«

Er dachte an die Gespräche, die es am Montag geben würde. Bislang war Jaylin kein einziges Mal so lange geblieben, dass er Zeuge wurde, wie sich jemand daneben benahm. Das wollte er nicht ändern. Es reichte ihm, wenn er in den nächsten Tagen hier und da etwas aufschnappte. Und wieder hoffte er inständig, dass es nicht Samantha war, die für unangenehmen Gesprächsstoff sorgen würde. Ein bisschen nervös dachte Jaylin an das freche Funkeln in ihren Augen.

Kapitel 3

»Hey, da hat sich aber jemand ins Kleid gehungert.« Marc schaute Sam von oben bis unten an.

»Dir auch ein freundliches Hallo. Komm rein.«

»Wie? Noch nicht bereit?« Er folgte der Einladung und schloss die Wohnungstür hinter sich.

»Ich bin sofort fertig.«

»Sagte sie und verschwand für immer …«

»Wenn jemand dafür Verständnis haben sollte, dann ja wohl du. Ich will nicht wissen, wie viel Zeit du vor dem Spiegel verbracht hast.«

»Na hör mal! Vielleicht treffe ich ja heute den Mann meines Lebens. Da darf ich nichts dem Zufall überlassen.« Marc schlenderte zur Tür und betrachtete seine Freundin, wie sie vor dem Frisierspiegel noch die letzten Handgriffe ausführte. »Du siehst gut aus, hör auf. Ab einem gewissen Punkt kann es nur wieder schlechter werden.«

»So ein Mist!«

»Sag ich doch!« Er lachte. »Warum hörst du eigentlich nie auf mich?«

»Schau mal: Welches Auge ist größer?«

»Links.«

»Echt? Ich find ja, das Rechte ist ein bisschen …«

»Ach so, das rechte Links natürlich. Ja genau, jetzt da du es sagst: total überdimensioniert. Glubschaugenalarm. Hast du ein Monokel auf?«

Sam seufzte. »Du verarscht mich!«

»Nein! Was hat mich verraten? War das Monokel zu viel?« Er schüttelte belustigt den Kopf. »Hab ich dir jemals sagen können, welches deiner Augen größer geschminkt ist? Bei deinen Brüsten ist das etwas anderes, da sehe ich sofort, wo Schlagseite herrscht.«

»Was?«

»Oh! Da! Jetzt sind beide Augen zu groß!«

»Arschloch!«

»Bist du leicht nervös? Hast du neben mir noch ein Date?«

»Ich – das – ja, okay, hörst du bitte auf zu nerven?«

»Als wenn du mir was vormachen könntest, Süße! Wer ist es? Dein Chef?«

»Ach, bist du bekloppt?« Sam grinste. »Sag ich dir nicht.«

Marc schnaubte. Er wusste natürlich, dass sie nur spaßeshalber rumzickte. Andererseits kannte sie ihn gut genug, um zu wissen, dass er unglaublich neugierig war. »Los, erzähl schon! Sonst blamier ich dich gleich bis auf die Knochen.«

»Wirst du eh …«

»Mutig, mich da herauszufordern.«

»Kann ich jetzt so gehen oder …«

»Abschminken!«

»Was?« Sie schaute ihn schockiert an. »Ernsthaft?«

»Ja.«

Nervös untersuchte sie sich im Spiegel. »Warum?«

»Weil du gleich ins Bett gehen kannst, wenn du mir nicht sofort ein paar Details gibst. Dann dreh ich nämlich um und hau ab und du darfst dich einsam mit Eiscreme trösten, während dein zu großes Auge Krokodilstränen heult.«

»Du bist unmöglich!«

»Ich bin vor allem dein bester Freund und habe ein Recht darauf, alles zu erfahren.«

»Das denkst aber nur du.«

»Was soll das heißen? Dass ich etwa nicht alles weiß?«

»Vor allem, wer mein bester Freund ist.«

»Jetzt wird sie aber böse, die glubschäugige, hängebusige Magerqueen im Designerfummel.«

»Nicht böse, nur realistisch.« Sam deutete auf das Schränkchen neben dem Bett. »Da bewahrt Frau üblicherweise ihren besten Freund auf.«

Marc schüttelte den Kopf. »Schlimmes Mädchen. Ganz, ganz ungezogenes Mädchen.«

»Was ist jetzt?« Sie forderte mit ausgebreiteten Armen eine Beurteilung ein.

»Ich bin erleichtert.«

»Was soll das nun wieder heißen?«

»Ich hab schon die ganze Zeit überlegt, wie ich es dir sage, aber nun hast du freiwillig abgenommen und wir können noch ein bisschen befreundet bleiben. Wehe, du frisst dich noch mal auf Kleidergröße sechsunddreißig, dann ist Schluss!«

Sie grinste breit. Offenbar war sie mit dem Kommentar zufrieden.

»Du siehst umwerfend aus.« Auch wenn sie sich Ewigkeiten kannten, hatte Marc manchmal das Gefühl, dass er es nicht übertreiben durfte mit seinen fiesen Sticheleien. »Ich kann nichts entdecken, das nicht perfekt sitzt, irgendwie größer oder kleiner wäre, als es sollte, oder sonst wie …« Dann fiel sein Blick auf die Schuhe. »Schätzchen! Die sind ja grandios! So viel Stil hätte ich dir gar nicht zugetraut. Verdammt, du überraschst mich immer wieder.«

Sam streifte ihre plüschbesetzten Hausschuhe ab und stieg in die Pumps, die sie sich bereitgestellt hatte. »Und jetzt?«

»Bist du dir sicher, dass das eine Verbesserung ist? Die anderen haben so viel mehr Charakter.«

»Die haben aber nicht ein halbes Monatsgehalt gekostet und somit kein Anrecht, heute ausgeführt zu werden.«

»Eiskalt.«

»Von wem hab ich das wohl gelernt?«

Marc zögerte. Der leicht verbitterte Unterton entging ihm nicht. Er beschloss, ab sofort ein bisschen zurückhaltender mit seinen Scherzen zu sein. Sam war nicht immer gleichermaßen gut drauf. Und er wusste ja, dass das Thema Männer bei ihr recht heikel war. In der Beziehung hatte sie das Pech tatsächlich auf ihrer Seite.

»Oh, kein frecher Spruch?« Sie sah ihn herausfordernd an.

Jetzt war Marc absolut dankbar für seinen Einfall, ein Anstecksträußchen zu besorgen. Er zog die Schachtel aus seiner Manteltasche. »Eventuell kann ich meine Tanzpartnerin mit einem kleinen Mitbringsel besänftigen?«

Sam lachte überrascht auf. »Du bist bekloppt! Wir gehen doch nicht auf einen Abschlussball.«

»Hätten wir vielleicht mal lieber getan.« Kaum hatte er den Satz ausgesprochen, bereute er es auch schon. Aus seiner Sicht waren diese Dinge lange genug Vergangenheit, dass man drüber scherzen konnte. Der Blick, mit dem Sam ihn jedoch plötzlich anschaute, sagte ihm allerdings, dass er damit falsch lag. Warum hatte er nicht einfach den Mund gehalten?

»Das hätten wir durchaus tun können«, sagte sie monoton.

»Hör zu, tut mir leid wenn ich …«

»Nein, schon okay. Es war nur der Abschlussball und du hast lediglich kurz vorher mit meinem Tanzpartner rumgemacht, mehr war da nicht.«

»Mensch, Sam! Aus euch wäre doch ohnehin nie was geworden. Du solltest mir dankbar sein, dass ich dazwischengegangen bin. Stell dir vor, wie das vielleicht geendet hätte …«

»Du willst mir jetzt nicht wirklich die Geschichte erzählen, dass ich hier fett und verbraucht rumhängen würde, mit fünf Kindern am Hals, während mein schwuler Mann auf irgendeinem Bahnhofsklo den jungen Kerlen nachsteigt?«

Marc holte tief Luft, verkniff sich aber eine Zustimmung. Er wollte lieber nicht allzu sehr in die Klischeekiste greifen. »Warum bist du so sauer?«

Sie schüttelte den Kopf. »Bin ich gar nicht. Ich bin lediglich nervös.«

»Du betreibst zu viel Aufwand nur für die Männerwelt. Möglicherweise wirkt das verzweifelt und schreckt ab. Mach dich nicht verrückt. Jeder Kerl, der dich nicht will, ist bescheuert – oder schwul …«

Abwehrend hob sie die Hände. »Hör auf! Ich hab echt genug von deinen guten Ratschlägen. Du bist mein bester Freund, aber ab sofort hältst du dich aus meinem Liebesleben raus, klar?«

Marc trat einen Schritt zurück. Der unerwartet kampflustige Ausdruck in den Augen seiner Freundin verunsicherte ihn. »Was ist denn los?«

»Ich muss aus diesem Teufelskreis irgendwie aussteigen.« Ihre Miene wirkte ein wenig hilflos. Dann sackten ihre Schultern vor und sie ließ den Kopf hängen. »Du hast meinen Abschlussball ruiniert …«

»Tut mir leid.«

»Ja, ich weiß.«

»Ich mein's ernst, ich wollte nicht …«

»Ja, ich weiß.« Jetzt mischte sich etwas Gutmütiges in ihr bitteres Lächeln. »Und du hast auch irgendwie recht damit, dass ich mir die falschen Kerle aussuche und du mir da die Augen öffnest. Leider tut das weh, verstehst du?«

»Sam, ich …«

»Lass mich ausreden!« Sie sah ihn durchdringend an. »Lass mich einfach selbst herausfinden, woran ich bin. Auch diese Enttäuschung wird wehtun, aber dann fügst nicht du mir den Schmerz zu, sondern jemand anderes.«

Marc schluckte. »Das mit dem Ansteckstrauß hätte ich wohl besser gelassen, wie? Wenn ich gewusst hätte …«

»Es geht nicht nur um den verkackten Abschlussball.«

Mühsam verkniff er sich eine gespielt schockierte Geste bezüglich Sams Wortwahl. Er ahnte, dass gerade nicht der Moment für Späße war.

»Das haben wir jetzt so und so ähnlich bereits ein paar Mal durchgespielt. Zuletzt bei Kenneth. Wahrscheinlich kannst du dich schon gar nicht mehr an ihn erinnern.«

»Na klar, dein Barbie-Ken.« Wieder musste er sich zurückhalten. Jeder, aber wirklich jeder, hätte bei Kenneth sofort bemerkt, dass da aus einer heterosexuellen Beziehung nichts werden würde.

»Magst du mir noch mal erzählen, was ich bei dem im Bett verpasst hab?«

»Etwa so viel.« Marc hielt Daumen und Zeigefinger der rechten Hand hoch, um ein übertrieben kleines Maß anzuzeigen.

Sam sah ihn scharf an.

»Entschuldige.« Er ließ die Hand sinken. Sie hatte ihn aufs Glatteis geführt. Dass er aber sein Mundwerk auch nicht im Griff hatte! Also blieb nur die Flucht in die Comedy: »Jetzt mal ehrlich, Sam, wenn du mit ihm in die Kiste gestiegen wärst, dann wäre da ganz sicher noch weniger bei rumgekommen. Und der Kerl war erregt schon kaum mit der Lupe zu finden. Du hättest dich wohl oder übel fragen müssen, ob du lesbisch wirst. Womöglich wärst du später von ihm wegen Penisdiebstahls verklagt worden, weil er ihn selbst nicht mehr gefunden hätte.«

Der Ansatz eines Schmunzelns zuckte um Sams Mundwinkel.

»Ja, du darfst ruhig lachen. Ich finde, hier geht ein bisschen unter, was ich eigentlich leiste.«

»Wie schön, dass du dich großmütig geopfert und die furchtbare Hochzeitsnacht für mich abgearbeitet hast.« Eine leicht bittere Note blieb.

Marc lehnte sich an den Türrahmen. Er war sich der Macke durchaus bewusst, dass er umso cooler wirken wollte, je unsicherer er war. Also stellte er sich wieder gerade hin und räusperte sich verlegen. »Bin ich – bin ich wirklich so schlimm?«

»Willst du darauf tatsächlich eine ehrliche Antwort?«

»Natürlich nicht.« Er grinste. »Du wärst allerdings keine gute Freundin, wenn du mich schonen würdest.«

»Was das Ausspannen meiner Männer angeht, bist du ein richtiges Arschloch.«

Er schluckte wieder. Selbstverständlich hatte er mit einer Antwort in diese Richtung gerechnet, aber der harte Tonfall wirkte wie ein Schlag in die Magengrube. Zum ersten Mal begriff er, dass er seiner Freundin tatsächlich wehgetan hatte. An seinen Argumenten kam auch sie nicht vorbei. Dass sie sich die falschen Kerle angelte, stand fest. Kein für Sam geeigneter Typ würde nur im Traum in Betracht ziehen, lieber mit ihm anzubändeln. Und diejenigen, die für Marcs Signale unempfänglich waren, erwiesen sich dann in ihren Augen als unwürdig. Am Ende blieb es eine schmerzhafte Angelegenheit. Er musste sich eingestehen, dass er sich da ziemlich was an Schuld aufgeladen hatte.

»Ich komme damit klar«, sagte sie schließlich. »Du bist mir wichtig. Wichtiger als all diese Stümper, die ich mir da bisher aus dem trüben Wasser gefischt hab.« Sie machte eine lange Pause, bevor sie weitersprach. »Das ändert sich allerdings ab heute. Ich weiß, dass es dir irgendwie schwerfällt, die Finger von meinen Kandidaten zu lassen, aber …«

»Hey!« Marc musste einfach eingreifen. »Dabei ging es doch nicht um dich! Ich meine, ich hab das nicht gemacht, um dir … Also, das hat sich halt so ergeben.«

»Ich lasse gelten, dass es sich für dich wie eine einmalige Chance auf die große Liebe angefühlt hat.« Ihr Tonfall rutschte kaum hörbar ins Spöttische ab. »Aber du wirst zugeben müssen, dass du mit einer unglaublichen Quote von hundert Prozent daneben gelegen hast. Meist hat es sich ja bereits noch in derselben Nacht ausgeliebt. Also, wo ist die Begründung dafür, dass es ausgerechnet meine Typen sein mussten? Für eine schnelle Nummer kannst du auf zahllose andere Kerle zurückgreifen.«

Marc dachte an die Jungs und Männer. Mit Sean hatte er ein paar Monate vor dem Abschlussball seine ersten Erfahrungen gesammelt. Sam hatte ihn bei der Studienberatung kennengelernt und war mit ihm ausgegangen. Marc war sich im Nachhinein sogar sicher, dass der Typ über sie lediglich an Jungs von der Highschool herankommen wollte. Sie hatten sich einige Male heimlich getroffen und herumgemacht, bevor Sean schließlich einen anderen Kumpel für seine Interessen gefunden hatte.

Mit Danny hatte er kurz vor dem Abschlussball rumgeknutscht. Später dann, als sie gerade auf der Party waren, hatten sie sich vielsagende Blicke zugeworfen und sich noch vor dem ersten Tanz aufs Jungenklo zurückgezogen. Es war lediglich zum Handeinsatz gekommen. Nach der Sache mit Sean hatte Sam es irgendwie geahnt und sie mittendrin wütend unterbrochen. Danny wäre fast in Ohnmacht gefallen, als sie gegen die Kabinentür gehämmert hatte. Und sie war nicht verschwunden. Damit war der Abend für sie alle beendet gewesen.

Von den richtigen Männern konnte sich Marc nur noch an Kens Namen erinnern. Der war auch ziemlich rangegangen, als sie sich mit mehreren zu einem gemeinsamen Abend getroffen hatten. Bei den anderen beiden, Brian oder Ryan und Tommy oder Thomas, hatte er es ein bisschen drauf angelegt. Ja, das musste er sich tatsächlich ankreiden. Er hatte ihr beweisen wollen, dass ihr Männergeschmack zuverlässig in die Irre führte. Vielleicht wären die beiden gar nicht auf die Idee gekommen … Obwohl, das war Quatsch. Über kurz oder lang hätten sie aus der Beziehung ausbrechen müssen, da war sich Marc sicher. Trotzdem stellte ihn das nicht in ein besseres Licht. Sam hatte durchaus recht: Er war ein Arschloch.

»Können wir dann?«, fragte sie.

Marc tauchte aus seinen Gedanken auf. Hilflos öffnete er den Mund. Die ganze Zeit über hatte er etwas sagen wollen. Aber er wusste nicht, was er noch vorbringen sollte. Weitere Entschuldigungen würden lediglich einen abgenutzten Eindruck machen. Und Erklärungen hatte er wohl auch genügend abgegeben, ohne dabei sonderlich auf ihre Gefühle einzugehen. Jetzt war die Zeit ohnehin verstrichen, in der eine Antwort akzeptabel gewesen wäre. Also streckte er den Arm aus, um sie hinauszubegleiten. Vielleicht war es das Beste, das ungesagte Bedauern einfach durch entsprechende Taten auszudrücken. Er begleitete sie und würde sich heute vollkommen zurückhalten.

»Schaut euch nur das Grinsen an!« Peter lachte laut auf. »Ganz der Vater, sag ich nur, ganz der Vater.«

Die anderen stimmten zu. Jaylin reckte automatisch den Hals, um einen pflichtbewussten Blick auf das Kinderfoto zu werfen, dann nickte er lächelnd.

Ein großer, hagerer Typ, dem Jaylin gerade keinen Namen zuordnen konnte, zog sein Portemonnaie hervor. Stolz konterte er mit einem Bild von seinen Zwillingen. »Mira und Marlon«, sagte er.

»Ach, die sind ja niedlich!« Jessicas Stimme übertönte schrill die Weihnachtsmusik. Weitere Kolleginnen fühlten sich von diesem Alarm angelockt und wollten ebenfalls die Kinder bejubeln.

Wie beiläufig betrachtete Jaylin die Dekoration. *Carry & J. Bitterfield* hatten sich wieder mal wenig Mühe gemacht und keine Kosten gescheut. Es schien jedenfalls keinerlei Beschränkungen für den Ausstatter gegeben zu haben. Allerdings wirkte der Saal dennoch kaum einladend in seiner weißen Pracht. Die klassische Farbwahl der letzten Jahre (rot und grün) hatte zwar altbacken aber dafür gemütlicher gewirkt. Jetzt standen sie inmitten einer frostigen Eishöhle. Die künstlichen Tannenbäume waren weiß, die Zweige an den Decken ebenso, silberne Girlanden hangelten sich durch die Luft und überall hingen große Froststerne in weiß mit silbernem Glitter. Die Bäume waren ausnahmslos mit weißen Kugeln und silbernem Lametta behängt. Nichtmal normale Kerzenbeleuchtung gab es. In die Zweige waren weiße Kabel gesponnen, die von bläulichen LED-Lichtern unterbrochen wurden, was das Ambiente noch kälter wirken ließ.

Möglichst unauffällig drehte Jaylin sich etwas zur Seite und trat einen Schritt zurück.

»Champagner?«, fragte ein ebenso weiß gekleideter Kellner. Er hielt ihm ein Tablett hin, das zur Hälfte mit Gläsern befüllt war.

Jaylin hatte eigentlich keine Lust auf das Zeug. Dennoch bedankte er sich lächelnd und nahm ein Glas. Die Bedienung wirkte genauso begeistert wie er sich fühlte. Eine Stunde, dann würde er sich heimlich aus dem Staub machen.

Die Gruppe vor ihm schien sich regelrecht in Rage zu wetteifern. Die Frauen kramten inzwischen allerhand Fotomaterial aus ihren Handtaschen. Es war kaum zu glauben, dass sie immer so viele Bilder mit sich herumschleppten. Jaylin vermutete, dass sie sich extra für diesen Anlass die Taschen vollgepackt hatten, um ordentlich mit ihren Kindern und Gatten angeben zu können. Lydia hatte sogar einen Stapel Urlaubsfotos dabei. Eine Kollegin hatte vermeintlich darum gebeten, weil sie die eigentliche Vorführung vor zwei Wochen leider krankheitsbedingt verpasst hatte. Was für ein reizender Zufall, der nun völlig beiläufig zu noch mehr Bewunderern führte.

Bevor ihn jemand wieder in den Kreis winken konnte, drehte sich Jaylin weg und schlenderte auf eine Sitzgruppe im hinteren Teil des Saals zu. Normalerweise würde er sich den Rückzug verbieten. Es sah immer komisch aus, wenn man sich aus der Gesellschaft entfernte. Aber zumindest war es im Abseits einigermaßen dunkel und er würde nicht sonderlich auffallen. Seufzend ließ er sich in das Sofa am Rand sinken. Von hier aus hatte er die Toiletten im Blick. Falls man ihn bemerkte, würde man denken, er wartete auf seine Begleitung. Und Wartezeit war den meisten Leuten so verhasst, dass sie sich lieber in eine beschäftigte Runde gesellten, auch wenn sie damit in eine Fotofalle tappten.

Er nippte am Schampus, der ihm überraschenderweise schmeckte. Aus sicherer Entfernung beobachtete er den Kreis der Fotogucker. Die allgemeine Begeisterung hatte sichtlich nachgelassen, seit Lydia die Gruppe tatsächlich durch alle Urlaubsfotos zwang. Wahrscheinlich gab es die Kollegin überhaupt gar nicht, die angeblich darum gebeten haben sollte. Jaylin konnte sich ein Grinsen nicht verkneifen. Das hatten sie nun davon, ihn mit ihren Familienbildern zu malträtieren. Lydia war in ihrer unempfindlichen Hochstimmung die perfekte Rachegöttin. Völlig in ihrem Element stand sie in der Mitte und bewachte dozierend, dass auch niemand ein Foto zu schnell weitergab. Obwohl Jaylin nicht hören konnte, was sie genau sagte, war er sich sicher, dass sie nicht vor Wiederholungen zurückschreckte. Aber bald war Weihnachten und sie befanden sich auf einer Weihnachtsfeier. Also traute sich keiner der umstehenden Opfer, der selbstverschuldeten Zwangsbeglückung zu entfliehen.

»Jay-Jay!«

Jaylin zuckte zusammen. Ronny, sein Kollege aus dem Anzeigendruck kam geradewegs vom Herrenklo auf ihn zu.

»Was hockst du denn hier? Wartest du auf jemanden? Frauchen kurz Nase pudern?« Stramm reckte er den Bauch vor und schob den Kopf zurück, dass sich sein Kinn mehrfach wölbte.

Jaylin erhob sich und lachte. »Na? Haben sie dich auch hergezwungen?«

»Man tut halt, wovor man sich nicht drücken kann, nicht wahr?«

»So ist es, mein Lieber.« Tatsächlich mochte Jaylin den Kerl. In all der Zeit hatte er nie ein böses Wort über Ronnys Lippen kommen hören. Und mit der kreisrunden Glatze und den verschmitzten Schweinsäuglein, der dröhnenden Lache und dem etwas einfältigen Humor war er Jaylin allemal lieber als die aufgesetzten Fotoväter.

»So sind wir halt, wir beide.« Ronny gluckste und tippte ihm gegen die Brust. »Äußerlich gleichen wir uns zwar wie ein Ei dem anderen, aber hier drin, im Kern, da sind wir grundverschieden.«

Jaylin merkte, dass er blöd guckte.

Ronny lachte schallend auf. »Oder war es umgekehrt?« Er zwinkerte. »Ja, mein Gott, ich kann auch nichts anfangen mit diesem ganzen Lamettazeugs. Da sind wir uns einig.« Er deutete auf Jaylins Glas. »Du machst das genau richtig, mein Junge. Wenn die uns schon so ein blasses Kraut in die Bude stellen, dann muss man sich die Welt ein wenig bunt trinken. Das ist ein guter Tipp, ich werde mich daran halten.«

Jaylin schüttelte amüsiert den Kopf. Aber auch das mochte er an Ronny. Man brauchte sich nicht groß Gedanken zu machen, was man antworten sollte, er lieferte gleich alles mit.

»Wir sind halt Pantoffeltierchen, nicht wahr? Wir tun, was unsere Frauen uns auftragen. Und wenn sie eine Einladung finden, auf der von Begleitung die Rede ist, dann können wir den ruhigen Abend vor der Kiste nun mal vergessen. Ja, also dieses Jahr musste ich mich dem weiblichen Zwang beugen. Da war nichts zu machen mit vorgetäuschter Migräne.« Er gluckste erneut. »Aber ich bin ja längst daran gewöhnt. Bei mir sind es schon ein paar Jährchen mehr als bei dir. Trinken wir uns einen ordentlichen Schwips an, damit der Pantoffel nicht so drückt. Na, wo bleibt sie denn?« Kurz schaute er Richtung Toiletten. »Immer das gleiche Spielchen. Vielleicht sollte ich mich einfach zu dir setzen und wir spielen eine Runde Karten. Hast du welche dabei? Sicherlich nicht. Ich kann mir vorstellen, was unsere Frauen sagen würden, wenn sie dann mal vom Spiegel weg kämen.« Er schraubte die Stimmlage in die Höhe. »Das gehört sich nicht. Könnt ihr euch denn gar nicht benehmen?«

Jaylin lächelte nur. Wenn er Ronny so reden hörte, glaubte er bald selbst daran, mit einer Frau verheiratet zu sein.

»Ah, ich habe Glück, mein Schmuckstück ist bereit für die große Bühne.« Ronny winkte eine füllige Matrone herbei, deren Kleid ordentlich zu tun hatte, um die üppige Brust im Zaum zu halten. »Liebes, das ist der nette Junge, von dem ich dir mal erzählt habe: Jay-Jay.«

Sie legte den Kopf schief, dass die Ohrringe wackelten, und lächelte breit. »Bärchen, das ist doch kein Junge mehr.« Sie reichte Jaylin die Hand. »Sie müssen meinen Ronny entschuldigen. Kein Benimm. Ich bin Miranda.«

Jaylin nahm ihre Finger auf und deutete einen Kuss an. »Jaylin, sehr erfreut.«

»Jay-Jay muss noch ein bisschen auf seinen Augenstern warten. Du hast sie sicherlich gesehen, Schatz, bestimmt ein ganz reizendes Ding.«

»Wo denn? Auf der Toilette?« Miranda sah überrascht aus. »Da war niemand. Ich hoffe nicht, dass ich jemanden übersehen habe. Aber nein …« Sie schüttelte den Kopf.

Ronny riss die Augen auf und wackelte ulkig mit dem Kopf hin und her. »Tja, mein Junge, sieht so aus, als wäre dir das Frauchen von der Stange gegangen.« Er lachte schallend.

»Na!« Miranda schlug ihrem Gatten mit dem Handrücken gegen den Kugelbauch. Sie lächelte Jaylin entschuldigend zu, bevor sie sich ihrem Mann zuwendete. »Dich kann man aber auch wirklich nirgends mit hinnehmen. Du bist unmöglich.«

Ronny überging sie. »Mein Goldstück glaubt tatsächlich, sie hätte mich mitgenommen.« Er zwinkerte. »Jay-Jay, so sind wir einfach, wir lesen unseren Liebsten jeden Wunsch vom Busen ab.«

Miranda wiederholte sich noch mal deutlicher: »Na! Hast du etwa schon etwas getrunken?« Dann wandte sie sich an Jaylin. »Hat er auch einen Schampus gehabt? Sagen Sie es mir ruhig, damit ich ihn rechtzeitig entfernen kann, bevor das hier zur Zirkusnummer wird. Bestimmt bereits zwei oder drei, stimmt's?«

»Mäuschen«, sagte Ronny beruhigend, »die Party hat doch noch gar nicht richtig angefangen.«

»Bei dir weiß man nie. Wie nennen die jungen Leute das heutzutage? Jaylin, Sie müssen das wissen, Sie sind jung. Irgendwas mit *glühen*.« Sie schaute ihren Mann vorwurfsvoll an. »Das traue ich dir zu, dass du schon rumglühst, bevor hier offizieller Beginn ist.« Sie seufzte. »Aber das ist auch die Luft, die macht durstig. Ich sollte mir vielleicht ebenfalls einen Champagner holen …«

Ronny zwinkerte Jaylin zu. »Die Luft, ja-ja. Ich würde sagen, dass es am Quatschen liegt.«

Es klatschte wieder dumpf. »Na! Ronny!«

»Bis später, Jay-Jay. Ich hoffe, deine Liebste taucht bald auf und zeigt sich weniger streng.«

Jaylin lächelte über den unterstellten Familienstand einfach hinweg. Doch noch bevor Ronny seine Gattin abführen konnte, erschien die Brünette im Eingangsbereich. Er merkte selbst, dass seine Gesichtszüge etwas verrutschten. Ronny entging es ebenfalls nicht und er folgte seinem Blick.

Samantha war eine Erscheinung. Natürlich war Jaylin nicht entgangen, dass da eine richtige Klassefrau ihre Fühler nach ihm ausgestreckt hatte. Doch der Auftritt, den Samantha nun hinlegte, war schlicht atemberaubend. Das Kleid saß wie angegossen und wirkte fast schon märchenhaft. Zugleich strahlte sie eine umwerfende Eleganz aus. Das Haar hatte sie klassisch hochgesteckt und auch sonst setzte sie mit zurückhaltendem Make-up und dezentem Schmuck voll und ganz auf ihre natürliche Schönheit.

»Oho!« Ronnys Brummen ging dankenswerterweise in einem schmissigen Weihnachtssong unter.

Vielleicht hatte Jaylin Glück und Samantha bemerkte sie gar nicht. Dann fiel ihm der Mann an ihrer Seite auf. In seinem dunkelgrauen Zweireiher wirkte er auf den ersten Blick unscheinbar. Allerdings saß der schmal geschnittene Anzug zu gut, um wirklich unauffällig zu sein. Dazu der perfekte Haarschnitt, der irgendwo zwischen erwachsen und jugendlich pendelte. Die dunklen Augen unter den kräftigen Brauen hatten es ihm sofort angetan.

Ronny sah ihn irritiert an. Offenbar glaubte er, anhand Jaylins Reaktion die vermisste Frau entdeckt zu haben.

»Na ja«, sagte Jaylin schnell und hob das Glas. »Wartet nicht zu lange. Ich bin mir sicher, dass sich noch so manch anderer heute im Schampus ersäufen will.«

Ronny lachte übertrieben laut. »Jay-Jay …« Er schüttelte den Kopf. Seine vermutliche Fehlinterpretation von zuvor schien vergessen.

Obwohl sich Jaylin am liebsten hinter den beiden versteckt hätte, war er froh, Ronny und Miranda davonwatscheln zu sehen. Geschickt trat er zurück und versuchte sich wieder auf der Couch unsichtbar zu machen. Samantha schien ihn glücklicherweise nicht bemerkt zu haben – oder aber, sie gab es lediglich vor. Den Blick hatte er jedoch noch immer auf ihren Begleiter geheftet.

Der schöne Unbekannte blieb zurück, während sie auf zwei ihrer Kolleginnen zusteuerte. Jaylin beobachtete ihn. Er schaute sich gelangweilt die abweisende Dekoration an. Wenig später kam der Kellner und bot ihm ebenfalls Champagner an. Er lehnte ab und wartete geduldig auf die Rückkehr seiner Begleitung.

Jaylin taxierte die schlanke Figur. Möglicherweise würde er im Laufe des Abends das Jackett ablegen. Wie es sich gehörte, hatte er die Knopfleiste des Zweireihers geschlossen. Dadurch wirkte er ein bisschen offizieller als die meisten anderen. Nur zu gern wollte Jaylin mal einen Blick …

Samantha steuerte auf ihren Begleiter zu – und natürlich warf sie ganz beiläufig einen Blick in Richtung Couch. Ihr Partner drehte sich auch gleich fragend um und sah gleichermaßen herüber. Jaylin konnte sich gerade noch davon abhalten wegzuschauen. Stattdessen nickte er knapp und tat danach so, als müsse er die Uhrzeit kontrollieren.

»Na, wo bleibt sie denn nur?«, murmelte er spaßeshalber vor sich hin. Es konnte nicht schaden, wenn Samantha ebenfalls glaubte, dass da irgendwo auf der Damentoilette seine Frau verschwunden war.

Er zwang sich bis hundert zu zählen, bevor er sich erlaubte, den Blick wieder in den Saal zu richten. Leider hatte sich Samantha mit ihrem Schönen unter die Kollegen gemischt. Eigentlich wusste Jaylin gar nicht, weshalb er das überhaupt bedauerte. Zuletzt hatte er dieses Gefühl von Schwärmerei in der Highschool gehabt. Und bereits da hatte es nicht gerade zu erstrebenswerten Situationen geführt. Je mehr er Samanthas Partner hinterherstierte, desto größer war die Wahrscheinlichkeit, dass er die beiden auf sich aufmerksam machte. Genau das wollte er zumindest in ihrem Fall nicht. Es war exakt so gekommen, wie er gehofft hatte: Sie war nicht solo, sie hatte einen Begleiter, und damit war er raus. Eventuell war der Mann ja ihr fester Freund oder sogar ihr richtiger Mann. Jaylin glaubte es zwar nicht, aber möglich war es. Allerdings würde sie wohl kaum an ihm Interesse zeigen, wenn sie einen solchen Kerl zu Hause hatte …

Emmet fiel ihm wieder ein. Emmet der Sportler. In ihn war Jaylin zu Schulzeiten einen ganzen Sommer lang vernarrt gewesen. Die Schwärmerei war mit der Zeit derart schlimm geworden, dass er fast schon körperliche Schmerzen erdulden musste. Und er hatte sich immer öfter immer mehr Blicke gegönnt – weitaus auffälliger als gerade bei Samanthas Partner. Er war damals in aller Öffentlichkeit beinahe erstarrt, wenn er einen Blick auf Emmets Jeanshintern erhaschen konnte. Irgendwann hatte der ihm schließlich nach der Schule aufgelauert und zur Rede gestellt. Gut, viel war nicht geredet worden. Es war ziemlich schnell mit einer blutigen Nase für ihn ausgegangen.

Seine Augen streiften immer wieder durch die Menge. Jaylin bemerkte erst jetzt, dass er ganz automatisch auf der Suche war. Er musste sich die beiden aus dem Kopf schlagen. Das konnte nur schiefgehen, wenn er sie auf Abstand halten und ihm gleichzeitig näherkommen wollte.

Das Glas in seinen Händen war leer. Hatte er etwa schon ausgetrunken? Unauffällig schaute er auf den Boden, ob er es vielleicht versehentlich ausgekippt hatte. Dem war nicht so. Jaylin erhob sich und beschloss, dass ein weiterer Champagner in Ordnung ging. Allerdings nur ein Glas noch, er musste einen kühlen Kopf bewahren.

Sam reichte Marc ein Glas Champagner. Sie gab sich Mühe, ein versöhnliches Lächeln aufzusetzen. Es gab so viel Gutes an Marc. Sie wollte sich einfach nicht vorstellen, dass sie ihn irgendwann mal nicht mehr mitten in der Nacht anrufen dürfte, weil sie sich zerstritten hätten. Er machte jeden Unfug mit und hörte sich trotz seiner teilweise provokant ätzenden Sprüche jedes ach so kleine Problem an. Was spielte es da für eine Rolle, wenn er in Männerangelegenheiten schlichtweg nicht anders konnte? Sie wollte ihm verzeihen, ja, sie musste ihm sogar endlich vergeben. Letztlich hatte Rose wahrscheinlich recht, dass sie lediglich noch nicht den richtigen Mann gefunden hatte. Und insgeheim wusste sie selbst genauso gut, dass es nicht unbedingt an Marc lag. Dennoch hatte sie einen gewissen Ärger verspürt, als sie gerade tatsächlich das altbekannte Funkeln in seinen Augen bemerkt hatte.

»Ich muss doch noch fahren.« Marc nahm trotzdem an.

»Du sollst dich ja nicht betrinken. Ein Glas wird schon nicht so schlimm sein.«

Er verzog abwägend die Mundwinkel und legte den Kopf schräg. »Zur Not nehmen wir uns einfach ein Taxi.« Sein Blick wanderte nur scheinbar ziellos durch den Saal.

Sam bemerkte, dass sie die Kiefermuskeln anspannte. Sie würde sich nicht verwundert, wenn Rose plötzlich heranpreschen und sie ermahnen würde. Schnell trank sie einen Schluck und fing an, mit zwei Fingern vorsichtig den Muskelstrang zu massieren. Auf keinen Fall wollte sie älter aussehen als sie war – und schon gar nicht verbittert.

Marc fand nach seinem Ausflug mit den Augen wieder zu ihr zurück. »Was machst du da?« Offenbar war er sich seiner Kontaktsuche gar nicht bewusst.

»Ich versuche mich zu entspannen.« Sam wurde das Gefühl nicht los, dass ihre Stimme bereits fünf Jahre älter und leicht bitter klang.

»Hast du ihn schon gesehen?«

»Ja.«

»Und?« Er trat etwas näher. »Wo ist er? Ich will ihn sehen.«

Sam musste sich beherrschen, um nicht wieder die Zähne aufeinanderzubeißen. Genauso, wie sie seine Blicke bemerkt hatte, dürfte er wohl ihre mitbekommen haben. Er glaubte längst zu wissen, um wen es ging, da war sie sich sicher. Dennoch klang deutlich Hoffnung in seiner Neugier mit, dass er sich vielleicht irrte. »Fällt es dir echt so schwer, nur ein einziges Mal auszugehen – für mich, hier, mit mir –, ohne dass du dir jemanden angeln musst?«

»Hallo? Was mach ich denn? Ich bin doch mit dir hier und ganz brav.« In seinen Augen glomm trotzdem ein gewisses Schuldbewusstsein.

»Und wenn du einfach die Finger von allen Männern lässt?«

»Du gönnst mir aber auch überhaupt keinen Spaß, wie?«

»Darum habe ich dich auf die Weihnachtsfeier meines Arbeitgebers mitgenommen.« Sam lächelte gemein. »Hier wirst du niemanden finden, der nicht tabu ist.«

»Tabu«, wiederholte er und verzog hochnäsig das Gesicht.

»Im ernst, blamier mich bitte nicht. Ich laufe den meisten noch im Büro über den Weg. Sollte ich mich ab Montag oben in der Chefetage einsperren müssen, zahle ich es dir schmerzhaft heim, das kannst du mir glauben.«

»Weil ich ja so ein schlimmer Finger bin und ungefragt gleich jeden Bock bespringe.«

»Das hast du gesagt. Aber jetzt, da es raus ist, ja, könnte was dran sein.«

»Nun sag schon wer es ist, damit ich nicht zufällig über ihn stolpere und es am Ende wie eine hastige Begattung aussieht, wenn ich ihn mit mir zu Boden reiße.«

Sam schaute absichtlich in die andere Richtung. Es bereitete ihr durchaus ein bisschen Genugtuung, ihren Freund auf die falsche Fährte zu locken.

»Der Große da hinten?« Marc reckte den Hals, um besser sehen zu können.

Derweil guckte Sam heimlich wieder zur entgegengesetzten Seite und suchte nach ihrem Traumkerl. Zu ihrem Bedauern konnte sie ihn zwischen all den Kollegen und Begleitungen nicht entdecken.

»Du verarschst mich doch«, sagte Marc. »Der hat eine Frau am Arm … Hey, wo schaust du hin?«

»Ich?« Sam lächelte möglichst unschuldig. Nun war sie froh, dass sie ihren Mister Right gerade nicht gefunden hatte. »Ich hab nur diese wahnsinnig schöne Deko bewundert. Ist das nicht ein Traum?«

»Ganz wunderlich – äh, wunderbar. Und jetzt sag mir wer der Kerl ist, sonst starte ich gleich eine Umfrage. Oder noch besser, ich schnappe mir das Mikro da vorne und rufe ihn aus.«

»Und was gedenkst du da auszurufen?«

»Gesucht wird ein hoffentlich unverschämt gutaussehender Mann, der sich von der schönsten Frau des Saals beobachtet –

wenn nicht gar verfolgt – fühlt.«

»Dann weiß ich ja jetzt, wen ich heute Abend nicht mehr anschauen darf.« Sie stellte das halb volle Glas auf den Tisch hinter sich. »Magst du tanzen?«

»Ein Schluck Schampus und du willst schon die Sau rauslassen?« Er prüfte kurz die Lage auf der Tanzfläche und schüttelte den Kopf.

»Wir wären nicht die Ersten.«

»Aber wir werden die ersten sein, die auffallen.«

Sam grinste. »Gehört zum Plan.«

»Bist du dir sicher, dass du die Sache richtig angehst? Ich meine, Zielstrebigkeit ist nun nicht unbedingt verkehrt, aber …«

»Willst du diskutieren oder magst du mir bei meinem Auftritt helfen? Ich meine nämlich, ich könnte auch allein tanzen. Wahrscheinlich würde mir das sogar mehr Punkte bei meinem geheimnisvollen Schwarm einbringen.«

»Ja, das würde ganz bestimmt Eindruck machen, wenn du dich zu den anderen Frauen gesellst, deren Männer keine Lust haben, sich jetzt schon zu blamieren.«

»Immerhin wüsste er, dass ich Single bin.«

»Die drei Grazien, die da so furchtbar neben dem Takt liegen, sind garantiert keine Singles und versuchen sich trotzdem allein an einem Tänzchen. Gut für sie, denn mit derart ungelenkem Gestolpere würden die eh niemanden abbekommen.«

»Dann weiß er halt, dass ich bald wieder Single sein werde.«

»Und er wird sich vor lauter Mitleid – hmm – abwenden?«

Sam schlug ihrem Begleiter auf die Brust.

»Aua!« Gleich darauf säuselte Mark: »Mehr davon, schlag mich!«

Sie drängte ihn ein bisschen zur Seite, weil zwei Kolleginnen auf sie zusteuerten. »Nicht so laut.«

»Was denn? Ich hab doch nur …« Just in dem Moment erklangen die ersten Töne von *I'll be Home for Christmas* in einer Tango-version. Marc grinste. »Kriegst du den noch hin?«

Sam erinnerte sich, wie sie Stunde um Stunde geübt hatten. Sie hatte den Tango geliebt, weil sie hier beide gleichermaßen ihren Hang zum Drama ausleben durften. Und der Tanzlehrer war stets ganz aus dem Häuschen gewesen, wenn sie ihre Show abgeliefert hatten. Sicherlich, es war niemals wirklich perfekt gewesen. Doch Sam wusste, dass sie gerade bei diesem Tanz mit ihrer Ausstrahlung die Fehler vergessen machen konnten.

»Klar«, sagte sie und zog ihn Richtung Tanzfläche.

Zwei Kolleginnen tanzten sich gegenseitig mehr schlecht als recht an. Inzwischen hatte auch ein Paar aufs Parkett gefunden und zeigte durchaus Geschick. Ansonsten standen einige Zuschauer am Rand und der Rest der Belegschaft verteilte sich im Saal, trank, aß und redete.

Sam ging zielstrebig bis zur Mitte, dann drehte sie sich zackig um. Marc hatte damit gerechnet und führte sie augenblicklich mit etwas mehr Nachdruck, als es eigentlich nötig gewesen wäre. Wieder spürte sie einen Anflug von Wut. Es fiel ihr absolut nicht schwer, das Feuer der Leidenschaft zu spielen. Das hier war ein Stierkampf. Mit einer rasanten Schrittfolge überquerten sie die Tanzfläche. Am Ende raffte sie kurz ihr Kleid und warf den Stoff fort. Unmittelbar danach rollte sie Marc in die Arme, nur um sich sofort wieder loszureißen. Schlagartig war alles zurück, jede einzelne Bewegung, jeder Schritt, jede Figur, obwohl sie den letzten Unterricht vor über zwei Jahren gehabt hatten.

Ein paar Leute am Rand klatschten Beifall. Sam verkniff sich ein Grinsen. Sie hatte ausschließlich Augen für Marc. Sie sah das freche Glänzen in seinem Blick. So ähnlich hatte es gefunkelt, als er ihren Kollegen abgeschätzt hatte. Sie wusste, dass er sich nicht an die Regeln würde halten können. Er war ein Tier, er musste jagen und erlegen.

In einer lang angekündigten, ausholenden Geste wollte Sam ihm eine scheuern. Marc fing den Schlag genauso grazil ab und zog sie an sich. Ihre Hüften wogten ein paar Takte im Einklang, während ihre Füße miteinander stritten. Dabei würdigten sie sich keines Blickes. Sam hielt den Kopf so weit weg, dass ihr Halsmuskel zitterte. Aber sie spannte den Kiefer nicht an, dazu hatte sie keinen Grund. Alles lief perfekt.

Nach etwas über zwei Minuten stampften sie absolut synchron den Abschlusstakt ins Parkett und sahen sich herausfordernd an. Sie waren beide ein wenig außer Atem. Vielleicht sollten sie mal wieder einen wöchentlichen Termin finden.

Die Anwesenden klatschten. Erst jetzt bemerkte Sam, dass sie die Tanzfläche für sich allein hatten und deutlich mehr ihrer Kollegen und deren Begleitungen am Rand standen und zuschauten. Sie ließ Marc los.

»Warte!«, sagte er. Der nur zu bekannte Singsang von *Last Christmas* kämpfte sich durch den Applaus. »Rumba!«

Sam fing den Blick des Mannes auf, den sie eigentlich beeindrucken wollte. Sie lächelte und ließ sich zurück in Marcs Arme ziehen. Sofort fand sie in das geschmeidige Fließen seiner Führung. Wenn der Tango ein lautstarker Streit zweier stolzer Kontrahenten war, die sich trotz aller Widrigkeiten dennoch liebten, dann war die Rumba eine harmonisch-leidenschaftliche Einheit. Sam genoss es, wie sie absolut abgestimmt aufeinander dahinwogten.

Gegen Ende des Songs bemerkte sie, dass Marc ihren Blicken folgte. Und natürlich traf er wieder auf ihren Kollegen. Sie kamen kurz aus dem Tritt. Er, weil er sich offenbar zusammenreißen wollte, und sie, weil sie ihm gerade innerlich die Ohrfeige gab, die sie im Tango bloß angedeutet hatte, nun jedoch nicht mehr passen würde.

»'tschuldigung«, murmelte er.

Sam ignorierte ihn. Lächelnd nahm sie den neuerlichen Applaus hin, der allerdings deutlich schwächer ausfiel. Diesmal wollte Marc von der Tanzfläche runter. Aber sie hielt ihn zurück, da sie die ersten Klänge von *Silent Night* hörte. Sie wusste, dass das in der Kategorie Weihnachtsmusik sein absolutes Horrorlied war. Er mochte das Fest zwar genauso wie sie, das Schlaflied, wie er es immer nannte, war ihm jedoch verhasst. Sie grinste.

Die Umstehenden lachten kurz auf, als er sich widerwillig murrend zurück in ihre Arme begab. Diesmal führte Sam.

»Ich hasse Walzer«, knurrte er. Es klang wie ein grantiger Hund.

»Und ich hasse es, dass du schon wieder dabei bist, mir einen Kerl auszuspannen.«

»Ich weiß doch nicht mal welcher, wie kann ich …«

»Lass die Spielchen und sei artig.«

»Ich sag's noch mal: Ich hasse Walzer.«

»Wir hatten das Feuer der Leidschaft und die harmonischen Liebeswogen, jetzt kommt der steife Alltag.«

»Du solltest Dichterin werden.«

Sam zuckte zusammen, als er ihre Zehen erwischte.

»Scheiße, tut mir leid.«

Sie lächelte angestrengt. Der erste Tanz war ihnen wirklich hervorragend gelungen, beim zweiten hatten sie schon ein bisschen nachgelassen. Nun war Sam froh, dass noch andere Paare ihrem Beispiel folgten und nicht mehr alle Augen auf sie gerichtet waren.

Nach einer eleganten Drehung sah sie ihren Kollegen. Er betrachtete sie, aber irgendwie schien es ihm sogleich unangenehm zu sein. Sam lächelte ihm zu und erntete eine recht zurückhaltende Erwiderung.

»Vielleicht sollten wir eine Pause machen«, flüsterte sie Marc zu. »Kommst du eine Weile allein klar?«

»Ohne Dummheiten zu machen, versprochen. Ich schaue mir das Büfett mal aus der Nähe an.« Er ließ sie los. »Ich glaube, du willst in dem Kleid bestimmt nichts essen, oder?«

»So eng sitzt es auch wieder nicht.«

»Dann guck ich mal, ob ich dir einen Teller Spagetti mit Tomatensoße organisieren kann.«

»Wenn es den tatsächlich gibt, würde ich ihn mir lieber selbst besorgen. Ich denke, das Risiko, dass mir der vor den Augen meines Angebeteten in den Ausschnitt rutscht, ist da etwas geringer.«

»Es wäre ein guter Test, ob er für dich geeignet ist, findest du nicht? Stell dir vor, er wendet sich einfach ab. Dann ist er ein Arsch. Wenn er aber anfängt, dir die Nudeln zwischen den Brüsten …«

Sie schlug ihm kräftig auf den Rücken. »Hach, hast du dich verschluckt? Geht's jetzt besser?«

»Du bist eine Hexe.«

»Ich sag dir was: Der ultimative Test ist erbracht, wenn du ihm mit der Nudel kommst und er sich abwendet.« Sie genoss seinen schuldigen Gesichtsausdruck. »Los, trink noch ein Glas, ich zahl das Taxi.«

»Du legst es wirklich darauf an, dass ich heute meine Nudel raushole, wie?«

»Im Falle eines Falles weiß ich, wie man dafür sorgt, dass es keine Sahnesoße gibt. Du magst doch so eine kräftig rote Tomatensoße auch lieber, oder?«

»Ich sag's ja: Hexe.«

Sie reckte sich zu ihm hoch, um ihm einen Kuss auf die Wange zu drücken. »Ich liebe dich, Arschloch.«

Er räusperte sich und lächelte ein bisschen nervös.

Sam wusste, dass seine Gedanken gerade woanders gewesen waren. Wahrscheinlich hatte er ihren Kollegen in der Menge entdeckt. Der Kosename traf es also perfekt. Nicht mal, wenn sie ihm einen Kuss aufdrückte, ließ er eine Gelegenheit aus.

Der unsichere Ausdruck in seinen Augen verschwand und er zeigte aufrichtige Freude. »Ich dich auch, Süße.«

»Ah, jetzt siehst du mich doch noch richtig an.«

Wieder huschte das Schuldbewusstsein über sein Gesicht. »Nimm mich nicht zu ernst, hörst du?«

»Hab ich noch nie.«

Kapitel 6

Jaylin stand weit genug entfernt, um Samantha und ihren Begleiter unauffällig beobachten zu können. Noch immer hatte er den Blick im Kopf, den sie ihm von der Tanzfläche aus zugeworfen hatte. Das bedeutete nichts Gutes. Allerdings war er sich inzwischen doch recht sicher, dass ihr hübscher Freund schwul sein musste. Oder aber, sie waren wirklich das ultimative Traumpaar, das nicht nur gemeinsam in einer Barbie-Schachtel hätte verkauft werden können, sondern darüber hinaus zusammen die Tanzschule besuchte. Nein, dafür passte alles zu perfekt – und ihr Interesse für ihn eben so gar nicht.

Ronny prostete ihm mit einem Whiskeyglas zu. Jaylin grüßte seinerseits und nippte an seinem Champagner. Ihm entging nicht, dass sein älterer Kollege erneut seinem Blick folgte und bei Samantha landete. Er lächelte auch nicht mehr ganz so überzeugend. Jaylin wollte gar nicht wissen, was der Witzbold sich zusammenreimte. Bestimmt dachte er wirklich, ihm wäre just heute die Frau abhandengekommen. Glücklicherweise kehrte Miranda vom Büfett zurück und lenkte ihn ab.

Sein Traumpaar ging absolut vertraut miteinander um. Immer wieder berührten sie sich. Für die meisten Umstehenden war es wohl offensichtlich, dass die beiden verliebt sein mussten. Doch die Art, wie sie ihn auf die Wange geküsst hatte, bestätigte Jaylin in seiner Annahme, dass diese Beziehung rein platonisch war. Der Blick ihres Begleiters, den er kurz aufgefangen hatte, wollte ihm nicht mehr aus dem Kopf gehen. Er war sich nicht sicher, ob er sich das Interesse vielleicht nur eingebildet hatte. Eigentlich konnte er sich nicht vorstellen, dass dieser Typ Mann irgendwas von ihm wollte. Aber genau darum ging es im Grunde bei einem Flirt: um das prickelnde Gefühl der Unsicherheit, die Chance auf einen Gewinn und das Risiko, einen Korb zu erhalten.

Er schaute auf die Uhr. Bereits über eine Stunde. Sein Minimum, das er sich verordnet hatte, war überschritten. Er könnte sich jetzt erlauben, die Veranstaltung heimlich zu verlassen. Wenn da nicht der Augenkontakt gewesen wäre … Aber sollte er es tatsächlich riskieren, mit Samantha sprechen zu müssen, nur um irgendwie an ihren hübschen Begleiter heranzukommen? Sein angeknackstes Selbstbewusstsein in Beziehungssachen flüsterte ihm ohnehin ein, dass es sich nicht lohnen würde. Er selbst sah vielleicht nicht gerade schlecht aus, dieser Typ jedoch spielte klar in einer anderen Liga. Womöglich schaute er nur, weil Samantha ihm irgendwas über ihn erzählt hatte. Trotzdem blieb der Kitzel der Möglichkeiten bestehen.

Zu seinem Entsetzen drehte sich seine Kollegin um. Ihre Aufmerksamkeit war unmittelbar auf ihn gerichtet, als hätte sie gewusst, wo sie hinschauen sollte. Sie lächelte und Jaylin hatte keine andere Wahl, als freundlich zurückzulächeln. Damit ermutigte er sie leider, zu ihm herüberzukommen. Noch schlimmer: Ihr Begleiter kam nicht mit.

»Hallo.« Sie strich sich galant eine Strähne hinters Ohr, die ihrer Hochsteckfrisur entkommen war.

»Hi«, antwortete er ein bisschen steif.

»Bist du allein hier?«

Jaylin wünschte, er könnte von der in den Toilettenräumen verschollenen Ehefrau berichten. Das allerdings war Ronnys Geschichte, die er lediglich nicht aufgeklärt hatte. Bei Samantha würde die Lüge sofort auffliegen, denn sie schien nicht nur Smalltalk halten zu wollen.

»Äh, ja … Ich bin allein hier.« Er versuchte die Information wegzulächeln, die er ihr eigentlich gar nicht hatte geben wollen. Aber sie wusste es sicherlich ohnehin längst. Kurz überlegte er, ob er sie nach ihrem Begleiter fragen sollte.

»Ich bin mit meinem Sandkastenfreund da«, antwortete sie auf die unausgesprochene Frage. »Als Frau fühlt man sich dann doch immer ein bisschen allein, wenn man ganz ohne jemanden auf einer Party auftaucht.«

»Kommt auf die Party an, nicht wahr?«

Samantha lachte und legte ihre Hand auf seinen Unterarm. »Stimmt, bei einer Firmenveranstaltung hätte ich durchaus auch ein wenig Mut beweisen können. Aber mir schien die Einladung mit Begleitung recht eindeutig zu sein. Und man sticht ungern hervor. Ich meine, bei euch Männern wird das natürlich nicht so harsch bewertet.«

Jaylin wechselte das Glas in die andere Hand, um so möglichst unauffällig zu verhindern, dass Samantha sich bei ihm einhakte. Er hatte das Gefühl, dass sie ihn wegführen wollte. Womöglich raus auf die Terrasse. In der Tat war es im Saal ziemlich warm geworden und ein wenig frische Luft würde ihm guttun. Allerdings wollte er die dann doch lieber allein einatmen, anstatt sich gemeinsam mit seiner Kollegin den Nachthimmel anzuschauen und eventuell in eine romantische Situation zu geraten.

Er versuchte abzulenken: »Ich hätte ja getippt, dass ihr verheiratet seid.«

»Ach, nein! Um Himmels willen! Marc ist mein bester Freund.« Sie räusperte sich. »Abgesehen davon bin ich nicht gerade sein Fall.« Sie zwinkerte verschwörerisch.

Jaylin verstand natürlich sofort. Die Tatsache, dass Samantha auf die Homosexualität ihres Begleiters anspielte, machte ihn jedoch nervös. Einerseits freute er sich, dass er mit seinem Gespür richtig gelegen hatte, andererseits wollte er auf keinen Fall den Eindruck erwecken, dass er sich für den Mann interessierte – oder überhaupt für irgendeinen Mann.

»Kann ich echt kaum glauben bei dem Aussehen.« Das plötzliche Strahlen in ihren Augen sagte ihm, dass er den falschen Weg eingeschlagen hatte. Trotzdem kam ihm der Rest auch noch über die Lippen. »Eine derart bezaubernde Frau …«

»Vielen Dank für das Kompliment. Das Lob gebührt aber wohl eher einer guten Freundin von mir. Sie ist Designerin und hat mich eingekleidet.«

»Dann darfst du das Lob gerne weiterreichen.« Er zuckte innerlich zusammen.

Samantha überspielte die Tatsache, dass er im Grunde das Kompliment zurückgenommen hatte. »Das werde ich machen.«

Jaylin widerstand dem Drang, sich zu erklären. Vielleicht war es das Beste, wenn er diese kleine Abfuhr zwischen ihnen stehenließ. Je freundlicher er war, desto problematischer würde es, seine Kollegin loszuwerden. Gut fühlte er sich allerdings nicht dabei. Er betrachtete es als gerechte Strafe, dass sie sich nun doch wie beiläufig auf der anderen Seite bei ihm einhakte.

»Möchtest du noch ein Glas mit mir trinken?«

»Oh, ich …« Er hielt den Rest Champagner hoch. »Ich fürchte, ich hatte bereits genug.«

»Musst du etwa fahren?« Sie klang etwas zweifelnd und zugleich amüsiert.

»Ich muss vor allem noch in der Lage sein, dem Taxifahrer meine Adresse zu nennen. Nicht, dass ich wieder ganz woanders lande, nur weil ich zu undeutlich gesprochen habe.«

Sie lachte höflich.

»Wobei ich mir nicht sicher bin, ob das damals nicht vielleicht einfach nur eine Masche war. Im Taxi sollte man nicht die Augen zumachen, so viel steht fest.«

»Ich mag Männer mit Humor.«

Das Lachen verging ihm augenblicklich. Am liebsten hätte er sich von ihr gelöst. Die streichelnde Hand an seinem Unterarm war definitiv mehr, als er zulassen wollte. »Samantha …«

»Jay …« Sie schaute mit leuchtenden Augen zu ihm auf.

Für einen Moment überlegte er, ob er sich nicht einfach outen sollte. In Anbetracht der Situation wäre das womöglich die beste Lösung. Sie müsste sich nicht zurückgesetzt fühlen und er könnte ihren Zudringlichkeiten entgehen. Dann bemerkte er aber Ronnys Blick. Der Witzbold stand am Büfett und guckte gar nicht mehr so amüsiert drein. Wie würde er wohl auf ein Outing reagieren? Würde es vielleicht wie damals mit seiner Lieblingskollegin laufen? Er wusste, dass es am Ende jemand sein würde, von dem es gar nicht zu erwarten war. Würde er diesmal mit scharfer Zurückweisung klarkommen? Er konnte sich nicht vorstellen, dass ausgerechnet der fröhliche Ronny durch die Firma laufen und gegen ihn hetzen würde. Das allerdings hatte er sich bei Celia damals auch nicht träumen lassen. Und Ronny schaute mit einer Mischung aus Verwirrung und Verdrießlichkeit drein. Womöglich nervte ihn seine Frau. Oder aber, er ahnte etwas. Dabei dürfte es gerade im Kreativbereich der Werbung etliche Schwule geben. Warum hatte sich bislang nur keiner offenbart? Stattdessen gab es ab und zu Mutmaßungen. Und manche davon betrafen ihn selbst, das wusste Jaylin. Mit welchem Recht allerdings wollten die Leute etwas derart persönliches über sein absolutes Privatleben erfahren?

»Entschuldige mich bitte, ich …«

Samantha ergriff sofort seinen anderen Arm. »Oh ja, es ist stickig. Ich komme mit raus.« Sie lachte.

»Eigentlich …«

»Solche Veranstaltungen sind nichts für dich, was?« Nun führte sie ihn tatsächlich Richtung Terrasse.

»Ich, ähm … Ja … Also: nein.« Jaylin stellte geschickt sein Glas auf das Tablett eines Kellners und gab dem Drängen seiner Kollegin nach. Vielleicht würde die kalte Luft ja für einen kühlen Kopf sorgen. Er öffnete ihr die Tür und begleitete sie hinaus. Eine Gruppe von Rauchern stand unmittelbar im Weg. Automatisch ging er durch den Dunst hindurch zum Geländer. Ein Pärchen lehnte eng umschlungen ein paar Meter weiter. Er hatte ihr sein Jackett übergelegt. Jaylin wurde klar, dass er soeben den zweiten Fehler begangen hatte. Aber er wollte ungern im Rauch stehen.

»Huh, ganz schön kalt, was?« Samantha rieb sich die Oberarme. »Allerdings tolle Luft. Und was für ein Himmel!« Sie blickte in die fast sternenklare Nacht hinauf.

»Ja, sieht nett aus.«

»An dir ist ja ein richtiger Romantiker verloren gegangen.«

»Mein Vater ist Klempner, da liegt die Romantik nicht gerade in der Familie.«

»Jetzt fehlt nur noch der Spruch vom Rohrverlegen«, sagte eine fremde Stimme hinter ihnen.

»Marc!« Samantha machte eine halb ärgerliche, halb spaßige Geste, um ihren Begleiter zu verscheuchen.

»Störe ich?«

Diesmal kam Jaylin seiner Kollegin zuvor. »Nein! Ganz und gar nicht.«

»Fein. Mir ist drinnen ein bisschen zu warm.«

Samantha bedachte Marc mit einem strengen Blick, aber der schien das nicht bemerken zu wollen.

»Ich bin Marc.« Er reichte Jaylin die Hand.

»Jaylin. Sie können mich ruhig Jay nennen, machen eigentlich alle.«

»Okay, Jay, die Förmlichkeit können wir dann wohl gleich komplett weglassen, nachdem ich bereits mit einem unflätigen Witz eingestiegen bin. Dürfte nur konsequent sein.«

»Er macht ständig solche Anspielungen.« Samantha lächelte bemüht.

»Ich bin da glücklicherweise nicht empfindlich«, sagte Jaylin. »Und da ihr beide euch ja schon ewig kennt, dürfte das ebenso kein Problem sein.«

»Ein prakitscher Kerl.« Marc grinste seine Freundin triumphierend an. »Ist dir kalt, Schätzchen?«

»Nein.« Das Zittern strafte sie Lügen.

Ohne auf die Antwort zu hören, zog Marc seinen Zweireiher aus und legte ihn ihr über die Schultern.

Jaylin war absolut dankbar, dass die Situation somit gerettet war. Wenn er seine Kollegin noch ein bisschen länger ungeschützt in der Kälte hätte stehenlassen, wäre es auffallend unhöflich geworden. Nun aber, da die beiden zusammen waren, konnte er die Gunst der Stunde nutzen, um sich aus der Affäre zu ziehen.

»Hab ich euch unterbrochen?«, fragte Marc. »Ich komme mir gerade komisch vor. Wenn ja, ich wollte nicht …«

»Nein, überhaupt nicht.« Jaylin stellte zufrieden fest, dass er Samantha abermals zuvorgekommen war. Ganz offensichtlich hatte sie das hier anders geplant und ihr Freund machte da einen Strich durch die Rechnung. Dafür war Jaylin absolut dankbar.

»Dann ist gut. Ich habe manchmal die Angewohnheit, ein wenig zu forsch zu sein.«

»Manchmal? Ein wenig?« Samanthas Stimme klang spitz, obwohl sie leise sprach.

Jaylin räusperte sich. »Ich weiß es zu schätzen, wenn jemand direkt ist. Dieses ganze höfliche Drumherum, das ist oft einfach nur anstrengend. In diesem Sinne lasse ich euch …«

»Was sagst du eigentlich zu unserer kleinen Show?«, fragte Marc.

Jaylin war kurz perplex. Offenbar schienen sie beide gleichermaßen ein Talent dafür zu haben, ihre Gesprächspartner an der Flucht zu hindern.

»Das ist jetzt nicht so wichtig«, sagte Samantha. »Du merkst doch, dass er weg will.«

»Ja, ich wollte eigentlich …« Er hielt inne. Das Licht aus dem Saal wirkte hier draußen wärmer. Es ließ Marcs Augen leuchten. Sie waren goldbraun. Das dazugehörige Lächeln nahm ihn für einen kurzen Moment gefangen. »Ähm, der Tanz … Also, das war große Klasse.« Er räusperte sich. »Macht ihr das zufällig professionell? So mit Wettkämpfen und Punktrichtern und so?«

Samantha lachte. »Nein, wir …«

Marc fuhr dazwischen. »Ihre Eltern haben mich damals bezahlt, dass ich ihr Tanzpartner werde.«

»Hey! Das stimmt doch gar nicht!«

»Hab ich dir das nie erzählt?«

Jaylin stand eine Weile lächelnd dabei und verfolgte den Streit. Sie gingen wirklich wie ein altes Ehepaar miteinander um. Abgesehen von den flotten Sprüchen natürlich. Er musste sich eingestehen, dass Marc ihm immer besser gefiel, auch wenn die extrovertierte Art vielleicht ein wenig abschreckend wirkte.

»Tanzt du auch?«, fragte der schließlich.

Jaylin hob abwehrend die Hände. »Ich? Nein! Auf gar keinen Fall.«

»Keine Sorge, ich wollte dich nicht auffordern, ich bin lediglich neugierig.«

Samantha kniff ihren Freund in den Oberarm.

»Au!«, beschwerte der sich. »Was denn?«

»Ich hab dir gesagt, du sollst dich benehmen.«

»Tu ich doch, ich betreibe Konversation.«

»Du bringst meinen Kollegen in Verlegenheit.«

Jaylin räusperte sich. »Entschuldigt mich bitte, ich muss mal kurz austreten.« Er wartete die Antwort gar nicht erst ab, nickte lediglich und flüchtete in den Saal zurück.

Kapitel 7

»Was sollte das?« Sam sah ihn böse an.

Natürlich wusste Marc, dass er gerade mit dem Feuer spielte. Aber der Blick, den ihm ihr neuer Fang zugeworfen hatte … »Hör zu, Sam …«

»Nein, du hörst mir zu!« Seltsamerweise huschte ein Lächeln über ihr Gesicht. Dann wurde sie schlagartig wieder ernst und hielt ihm drohend den Zeigefinger unter die Nase. »Du sollst mich nicht vor meinen Kollegen blamieren!«

Er senkte die Stimme, da sich einer der Raucher zu ihnen umdrehte. »Und ich dachte, ich solle dir deinen Neuen nicht ausspannen. Was denn nun?«

»Nichts anderes probierst du doch gerade, oder?«

Marc wurde bewusst, dass sie damit nicht so falsch lag. Er hatte versucht, dieses Gefühl zu ignorieren. Dieser Jay war nicht mal recht sein Typ. Für seinen Geschmack hatte er ein bisschen zu sanfte Gesichtszüge und war mindestens eine, wenn nicht gar zwei Handbreit zu kurz geraten. Männer durften gerne größer sein als er, aber zumindest mussten er ihnen direkt in die Augen schauen können. Für Sam wäre der Kerl perfekt, aber für ihn?

»Quatsch, was redest du denn da?« Er schüttelte amüsiert den

Kopf.

»Ich seh's in deinen Augen. Du bist schuldig.«

»Die Gedanken sind frei …«

»Dann sorg ab sofort dafür, dass sie bei dir bleiben und keine unangenehmen Auswirkungen haben. Was war das für ein blöder Spruch mit dem Rohrverlegen?«

»Muss ich mich denn jetzt vollkommen verbiegen? Da hättest du auch gleich deine Designerfreundin mitnehmen können.«

»Die habe ich sogar zuerst gefragt. Leider konnte sie nicht.«

Er hob die Hand zum Mund und spielte Entsetzen vor. »Ich bin die zweite Geige?«

»Genau genommen die letzte Arschgeige.«

»Ach, ich dachte schon. Da kriege ich doch noch meinen Titel. Aber du bist dir sicher, dass sie nicht konnte? Oder wollte sie nur nicht?«

»Sie konnte nicht, leider.«

Er sah, dass sie log.

»Und sie war meine erste Wahl, weil ich weiß, dass sie sich benehmen kann.«

»Ja, sie würde garantiert kein böses Wort sagen, alles total zuckersüß finden und dir höchstens die Weiber wegschnappen.«

»Sie ist nicht lesbisch.«

»Sicher? Ausprobiert? Ich kann euch geradezu vor mir sehen, wie sie dich hereinführt. Im Anzug sieht sie bestimmt stattlich aus. Und dann hätte sie dich ordentlich über die Tanzfläche gefegt.«

Sam schüttelte amüsiert und fassungslos zugleich den Kopf. »Du bist echt ein Arschloch, Marc.«

»Blöd, dass immer nur du da so fixiert drauf bist, wo ich es mir doch so gern für nette Männer aufspare.«

Ihr Gesicht versteinerte.

»Entschuldige«, sagte er schnell. »Ich benehme mich ab sofort, versprochen.«

»Mein Abend ist eh gelaufen …«

»Nein-nein, das kannst du so auch nicht sagen.«

»Und? Mit wem unterhalte ich mich hier?«

»Mit mir! Deinem geliebten Arschloch von schwulen besten Freund.« Jetzt drehten sich ein paar Köpfe mehr zu ihnen um. Marc überspielte das Gesagte mit einem ernsthaften Nicken.

»Glaubst du, dass er wiederkommt?« Sam verschränkte die Arme.

»Du willst nicht wirklich hier draußen auf ihn warten …«

»Das Risiko, dass ich erfriere, während er längst auf dem Heimweg ist, dürfte groß sein, wie?«

Marc biss sich auf die Unterlippe. Einerseits wollte er sich den Spruch von der rachsüchtigen Eiskönigin verkneifen, andererseits fühlte er sich nun doch schlecht. Der auserwählte Jay war definitiv schwul. Er würde seine Freundin also sehenden Auges zumindest in eine unangenehme Lage schliddern lassen. Er hatte Jays Gesichtsausdruck beobachtet, als sie auf ihn zugegangen war. Und es war danach nicht besser geworden. Ein bisschen hatte es ihn an einen Mann erinnert, dem gerade ein Köter ans Bein pinkelte. Aus irgendeinem Grund hatte der Kollege ihr jedoch keinen reinen Wein eingeschenkt. Auch das war ein Punkt, den Marc bei seinen Männern nicht tolerieren wollte. Niemals würde er sich mehr mit einem Kerl einlassen, der ungeoutet war. Da konnte der Typ noch so hübsch gucken. Und das hatte Jay tatsächlich recht gut drauf. Eigentlich zu schade.

Sam seufzte. »Los, spuck's schon aus. Ich sehe doch, dass du sonst erstickst.«

»Was meinst du? Ob er wiederkommt? Ich glaube nicht.«

»Na, dann danke ich für deine Einschätzung. Wenigstens ist er sicherlich nicht vor mir weggelaufen.«

Marc holte kurz Luft, hielt inne und entschied sich für ein Lächeln. War es nicht seine Pflicht, ihr mitzuteilen, dass ihr Schöner wohl am liebsten gleich davongerannt wäre, als er sie hatte auf sich zukommen sehen?

»Oder willst du sagen, dass ich ihn vertrieben habe?«

»Nein-nein, es besteht tatsächlich eine kleine Möglichkeit, dass er doch nicht so locker ist, was schweinische Sprüche angeht.«

»Soll das jetzt heißen, dass er nicht der Richtige ist?«

»Nein – das heißt: ja …« Marc biss sich auf die Zunge. Verdammt, er konnte einfach nicht anders.

»Okay, schon klar. Und wie hast du das herausgefunden? Weil er nicht tanzt? Weil er eine hässliche, grüne Krawatte trägt? Oder wo klemmt es?« Eine tiefe Falte tauchte zwischen ihren Augenbrauen auf. »Immerhin kann er ja wohl nicht vom anderen Ufer sein, wenn er gleich durch zwei Klischees durchrauscht. Ist womöglich genau das das Problem? Du hast keine Chance und ich darf dann auch nicht?«

Marc legte ihr beruhigend die Hand an den Oberarm. Was er darauf antworten sollte, wusste er allerdings nicht. Es passierte nicht allzu oft, dass er sprachlos war. Sein Kopf kam ihm wie leergefegt vor. Nicht mal ein flotter Spruch war aufzutreiben.

»Tut mir leid, ich wollte dich nicht …« Sie wendete sich ab und schaute in die Nacht hinaus.

»Schon gut«, sagte er. Dabei wusste er gar nicht, ob es wirklich gut war. Irgendwas lag heute zwischen ihnen eindeutig quer. Allmählich machte Marc sich deswegen ernsthaft Sorgen. Hatte er tatsächlich nicht bemerkt, wie verletzt Sam all die Jahre gewesen war? Hatte er das alles vielleicht zu locker gesehen? Man hatte ihm bereits häufiger gesagt, dass er manch ernste Sache zu sehr auf die leichte Schulter nahm. Gerade bei Sam wollte er das natürlich nicht. Allerdings neigte man ja generell dazu, seinen Freunden am meisten zuzumuten. Es kam ihm aber dämlich vor, sich nun schon wieder zu entschuldigen. Das sollte schließlich nicht der Tag der großen Reue werden. Obwohl er sich tatsächlich schuldig fühlte. Dieser Jay hatte was. Blöd nur, dass Marc es nicht wirklich festmachen konnte. An der Krawatte lag es ganz gewiss nicht. Ebenso wenig am fein geschnittenen Gesicht oder der fehlenden Leidenschaft fürs Tanzen.

»Rose hat mir Flausen in den Kopf gesetzt.«

»Die hätte sie mal lieber auf dem Kleid gelassen.«

»Ich rede davon, dass sie mich auf einen Gedanken gebracht hat, nicht von Fusseln.«

»Schon klar.« Es wäre nun sein Part, da nachzuhaken, aber Marc war sich nicht sicher, ob er es wirklich wissen wollte. Irgendwas sagte ihm, dass er tatsächlich drauf und dran war, den Abend zu ruinieren. Er hatte nur keine Idee, wie er das noch verhindern konnte. Gerade heute schienen seine Antennen für Sam irgendwie leicht verbogen zu sein.

»Sie meint, dass du mich verdorben hast.«

Marc lachte. »Das hätte ich dir auch sagen können. Ich bin es normalerweise, vor dem die Eltern warnen, wenn von schlechtem Umgang die Rede ist.«

Sam ignorierte seinen flapsigen Einwurf. »Rose denkt, dass ich mich zu sehr an dir orientiere, was die Männer angeht.«

»Wenn man einmal Ferrari gefahren ist …«

»Mach mich bitte nicht wütend.« Sie schaute ihm ernst in die Augen. »Gerade jetzt in diesem Moment weiß ich zwar nicht, was mich da geritten hat, aber ich habe tatsächlich den Hang, mir die falschen Kerle auszusuchen, weil ich sie mit dir vergleiche. Ich erwarte da wohl zu viel, was diese Vertrautheit angeht. Ich will zu schnell, dass es ungezwungen ist. Ich will mit meinem Partner genauso lachen können wie mit dir. Ich will ihn berühren können, ohne dass es gleich etwas bedeuten muss.«

Marc schluckte. Er hatte in der Tat schon Eifersucht verspürt, wenn Sam wieder einen neuen Anlauf in Sachen Beziehung unternahm. Und da war auch immer eine gewisse Erleichterung gewesen, wenn es am Ende nicht funktioniert hatte.

»Ich kann so nicht ewig weitermachen.« Sie lächelte bitter. »Für dich mag das in Ordnung sein. Wir führen quasi die perfekte Ehe. Wenn du Sex brauchst, dann reißt du dir irgendeinen Typ auf. Ich habe keinen Grund, da eifersüchtig zu sein, weil es ohnehin nur ex und hopp ist.«

Die Worte brannten auf seinen Wangen, als hätte sie ihn geschlagen.

Sie seufzte. »Bei mir funktioniert das nicht.«

»Willst du – willst du mir gerade – sagen, dass – du in mich verliebt bist?« Sein Hals fühlte sich merkwürdig eng an.

»Oh Gott, nein!« Sam lachte auf, wurde jedoch sofort wieder ernst. »Du weißt, dass ich dich liebe, aber – nein, doch nicht so!« Sie nahm ihn in den Arm.

Marc war dermaßen durcheinander, dass er lediglich steif stehenblieb und die Geste nicht erwiderte. Er war sogar froh, dass es nicht lange dauerte. Irgendwie kam ihm das alles hier seltsam deplatziert vor. Ein bisschen fühlte er sich in die Schulzeit zurückversetzt, wenn es auf den Partys die verschiedensten Dramen zu klären galt, damit man anschließend weiterfeiern konnte. Irgendwer geriet immer in Streit, war beleidigt, musste getröstet werden oder wollte aufmerksamkeitsheischend die Feier verlassen, während es einen Pulk von Freunden gab, die genau das zu verhindern versuchten. Nun also waren sie an der Reihe. Erwachsen zwar, aber noch kein Stück weitergekommen, weil sie ihre Probleme jahrelang mit sich herumschleppten. Und Sam hatte recht, dass er sie im Grunde für sich allein wollte. Sie war stets da, wenn er sie brauchte – und umgekehrt genauso. Während andere sich weigerten, nahm er diese steife Veranstaltung auf sich und wollte das Beste für sie daraus machen. Mit dem kleinen Haken bloß, dass sich irgendwas zwischen ihnen geändert hatte.

Oder vielmehr: Es war schon immer anders gewesen, er hatte es lediglich nicht wahrgenommen – eventuell auch nicht wahrnehmen wollen.

Sam ergriff seine Hand. »Alles ist gut.«

Ihre Finger waren total kalt, also versuchte er sie zu wärmen.

»Vielleicht sollten wir reingehen.«

»Sam …«

»Ja?« Sie lächelte ein bisschen müde, allerdings keineswegs böse oder verletzt.

»Ich – ich fürchte, er ist – wirklich …«

»… schwul, ja-ja, ich weiß.«

Marc runzelte die Stirn. Er hatte mit Protest gerechnet.

Dann tätschelte sie ihn wie ein kleines Kind und verzog den Mund leicht spöttisch. »Wir haben halt alle unsere Macken und es ist schwer, diese anzuerkennen oder darüber hinwegzukommen.«

Er holte Luft, aber sie blieb ihm auf halbem Weg im Hals stecken. Jetzt war er es, der protestieren wollte. Doch er wusste, dass er es nur schlimmer machen würde. Er würde sie lediglich nur noch mehr davon überzeugen, sich an den schwulen Kollegen ranzuwerfen. Warum verdammt sagte dieser Kerl ihr nicht einfach, woran sie war? Weshalb sollte er dafür zuständig sein? Sam hatte recht damit, dass er als ihr bester Freund lieber eine Schulter zum Trösten bereithalten musste, anstatt sie mit dem Ellbogen aus der Gefahrenzone rauszuboxen. Blaue Flecken würde sie sich so oder so holen. Warum sollte er ihren Ärger auf sich nehmen, wenn andere ihn verdient hatten?

»Ich hab dazugelernt, Maus.« Sie zwinkerte.

Das freche Blitzen in ihren Augen irritierte Marc nur noch mehr. Mechanisch nahm er sein Jackett entgegen und sah ihr nach, wie sie sich elegant und wunderschön in den Festsaal zurückbegab. Eine Weile beobachtete er sie. Sam nahm sich ein Glas

Champagner, rieb sich die Oberarme, um die Kälte zu vertreiben, und wurde schließlich von einem Gesprächspartner entdeckt. Der Mann war ein paar Jahre älter als sie und wirkte durch sein silbergraues Haar wahrscheinlich noch ein bisschen reifer. Bestimmt hatte der graue Gockel ausschließlich Golf und Pferdewetten als Themen.

Marc beschloss, dass er seine Freundin eine Weile in der Obhut des Fremden belassen durfte. Möglicherweise würde ein langweiliges Gespräch sie wieder ein wenig beruhigen.

Er klemmte sich das Jackett unter den Arm und trat ebenfalls in den Saal zurück. Die Wärme kribbelte auf der Haut. Zufrieden sah er, dass der Silberrücken Sam offensichtlich in eine überraschenderweise anregende Unterhaltung verwickelt hatte. Entschlossen wandte er sich in die entgegengesetzte Richtung und ging auf die Herrentoilette zu.

Kapitel 8

Jaylin saß auf dem runtergeklappten Klodeckel. Die Kante des Spülkastens drückte ihm ins Kreuz und sein Schädel tat allmählich an der Stelle weh, die sich gegen die Fliesen dahinter presste. Er betrachtete die feinen Risse an der Decke über seiner Kabine. Glücklicherweise waren die Toiletten genauso sauber und weiß wie der Festsaal. Trotzdem würde irgendwann die Farbe abblättern. Von draußen drang der dumpfe Bass eines Popsongs herein. Es war eine Wohltat, dass der DJ inzwischen nur noch vereinzelt Weihnachtsmusik einstreute.

Immer wieder sah er Marc, der Samantha in perfekter Haltung über das Parkett wirbelte. Dazu klang ihm die angenehme Stimme im Ohr nach. Ihn faszinierte das unstimmige Bild vom unflätigen Burschen, der im biederen Anzug Standardtänze hinlegte. Natürlich kannte er diesen Zug aus der Szene. Nicht wenige Schwule provozierten gern, indem sie kein Blatt vor den Mund nahmen. Dabei konnten sie ihre schmutzigen Gedanken geschickt hinter einer Fassade aus Unschuld verstecken, um den größtmöglichen Effekt zu erzielen. Eigentlich mochte er dieses Gehabe nicht sonderlich. Er bevorzugte bodenständige Menschen, die auch so waren, wie sie sich gaben. Bei Marc allerdings faszinierte ihn dieser Bruch.

Jemand betrat die Toilettenräume. Jaylin richtete sich auf und rieb über die Druckstelle an seinem Hinterkopf. Ein Blick auf die Uhr verriet ihm, dass es Zeit war, den Heimweg anzutreten. Er fand es peinlich, dass er sich auf dem Klo versteckte. Die beiden erwarteten sicherlich nicht, dass er wieder zu ihnen stieß. Es war allein seiner plötzlichen Schwärmerei für diesen blöden Gockel zuzuschreiben, dass er sich hier wie ein Schulmädchen verhielt.

Er beugte sich vor und stützte die Ellbogen auf die Knie. Da gab es natürlich noch einen anderen Grund … Möglicherweise war das überzogene Verhalten lediglich ein Signal gewesen. Etwas in Jaylin glaubte daran, dass unter dem feinen Anzug ein aufregender Kerl steckte. Immer wieder ließ er sich den Spruch vom Rohrverlegen durch den Kopf gehen. Wie selbstverständlich die warme Stimme diese Frivolität ausgesprochen hatte. Nur zu gern würde sich Jaylin auf sein Gefühl verlassen, dass da ein Angebot hintersteckte. Marc sah vielleicht nicht so aus, könnte aber durchaus ein ziemlich versauter Kerl auf der Suche nach einem Abenteuer sein. Und er selbst hatte womöglich mehr als nur ein bisschen Bedarf da ein Wagnis einzugehen. Nur leider nicht mit dem besten Freund seiner Kollegin, die gerade ein Auge auf ihn geworfen hatte.

Jaylin erhob sich. Es war Zeit zu gehen. Da er nicht allein auf der Herrentoilette war, betätigte er alibimäßig die Spülung. Dann entriegelte er die Tür und öffnete die Kabine. Zu seiner Überraschung stand Marc unmittelbar vor ihm.

»Wir müssen reden«, sagte der und drängte ihn zurück.

Alles ging so schnell, dass Jaylin gar nicht wusste, wie ihm geschah. Gerade noch in Gedanken auf dem Heimweg hatte er plötzlich Marcs Hand an der Brust. Er hörte das Klicken der Tür. Sie befanden sich zu zweit in einer abgeschlossenen Zelle. Der Toilettenrand drückte Jaylin in die Kniekehlen und er musste sich nach hinten abstützen. Erst dann bemerkte er den Blutdruck, der ihm nun kraftvoll durch die Ohren puckerte.

Marc ließ von ihm ab, sein Blick blieb aber herausfordernd. »Du bist schwul!«

»Das geht dich wohl kaum etwas an.«

»Lass die Spielchen!«

»Was für Spielchen?«

»Ich weiß es, okay?«

»Na, dann ist ja alles klar. Darf ich jetzt bitte …«

Marc stieß ihn unerwartet zurück. »Du bleibst schön hier.«

Jaylin verpasste den Spülkasten und setzte sich unsanft auf den Klodeckel. »Verdammt …« Er sah wütend zu seinem Angreifer auf.

»Warum sagst du es ihr nicht?«

Irritiert schüttelte er den Kopf. »Was soll ich wem sagen?«

»Sam, dass du schwul bist.«

»Sie geht das genauso wenig was an wie dich.«

Marc baute sich bedrohlich vor ihm auf.

»Was? Willst du mich jetzt verprügeln?« Jaylin lachte unsicher. Ihm wurde klar, dass der Kerl, den er bis gerade angehimmelt hatte, nun breitbeinig vor ihm stand und ihn bedrohte. Obwohl er deshalb ziemlich sauer war, entging ihm die erotische Komponente nicht. Vorhin hatte er sich noch gewünscht, Marc ohne Jackett zu sehen, nun befand er sich mit ihm allein in einer Toilettenkabine und starrte ihm auf den Schritt.

»Was?«, bellte der und sah an sich hinunter.

Jaylin schaute schnell wieder auf. »Wie was? Du solltest dich mal lieber mir erklären. Was soll das hier?«

Unerwartet packte Marc ihn am Kragen und zerrte ihn hoch.

»He …« Jaylin stieß seinen Angreifer mit aller Kraft zur Seite gegen die Kabinenwand. Er war froh, sich aus der bedrängten Lage befreien zu können. Jetzt standen sie sich wenigstens richtig gegenüber, ohne dass einer einen Nachteil hatte. Entschlossen griff Jaylin Marcs Handgelenk und drückte zu. »Lass los!«

»Sag – es – ihr!«

»Vergiss es!« Er drehte den Arm etwas und zwang Marc, ihn loszulassen.

Der gab tatsächlich auf. Offenbar hatte er nicht erwartet, dass Jaylin doch ein bisschen kräftiger war. »Scheiß Krawatte!«, fauchte er stattdessen.

»Na das tut mir jetzt aber weh.« Jaylin stopfte den Schlips zurück unter die Weste. »Tucke!«

Marc holte aus, Jaylin fing die Ohrfeige jedoch rechtzeitig ab. Dafür konterte er reflexartig und es knallte.

Augenblicklich zerrte Marc wieder an seinem Kragen und riss ihn an sich. »Du beschissene, kleine Klemmschwester!«

Die gesamte Kabine wackelte, als Jaylin gegen die Wand hinter sich krachte. Er wurde sich der körperlichen Nähe seines Angreifers bewusst, der sich an ihn presste. Kurz schoss ihm durch den Kopf, dass er mit diesem Mann gerade intimer war, als er sich vorhin zu träumen gewagt hätte. Hart spürte er die Faust unter seinem Kinn. Das Hemd war ihm inzwischen aus der Hose gerutscht. Marc musste es irgendwie gegriffen haben, denn der Stoff zog sich unsanft zur Seite. Und da war noch etwas Hartes …

Erschrocken drückte Jaylin Marc weg. Doch der wehrte sich, drängte sich nur umso entschlossener gegen ihn. Ja, eindeutig, das war auch Erregung. Und Jaylin reagierte seinerseits ebenso. Das wütende Gesicht seines Gegenübers allerdings stieß ihn ab. Er packte nun dessen Schlips und zog.

Marc folgte dem Zug und reckte den Kopf vor.

»Ich – warne – dich!«, keuchte Jaylin. Es war jedoch zu spät. All die Monate, in denen er von erotischen Begegnungen geträumt hatte, all die ängstliche Zurückhaltung, die Selbstzweifel, die sich über die Lust gelegt hatten, jetzt in diesem Moment löste sich all das auf. Er spürte die herrlich weichen Lippen trotz der Härte des Kusses. Marcs Zunge drang beinahe brutal in seinen Mund ein. Und doch verband sie mit einem Mal eine fließende Leidenschaft. Es war ein Tango, den sie hier auf kleinsten Raum ausfochten.

»Wovor?«, fragte Marc schließlich und funkelte ihn drohend an.

Jaylin nutzte die Gelegenheit, seinen Gegenüber mit aller Kraft wegzustoßen. Er genoss den überraschten Ausdruck, als Marc wieder gegen die andere Seite der Kabine fiel. Allerdings hatte er selbst nicht damit gerechnet, dass er ihm hinterherstürzte. Es war ein Reflex, der ihm befahl, seinem Kontrahenten den Übergriff heimzuzahlen.

Marc griff ihn am Hinterkopf. Offenbar hatte er bereits erwartet, dass der Zurückweisung ein Angriff der lustvollen Art folgen würde. Bereitwillig öffnete er seinen Mund und ließ sich erobern.

Sie schnauften sich eine Weile erregt an, während sie das Duell mit den Zungen austrugen. Schließlich stöhnte Jaylin auf. Marcs Hände hatten sich auf seinen Hintern geschoben und packten kräftig zu. Er drückte ihn gegen sich, sorgte dafür, dass ihre Körpermitten hart gegeneinander pressten.

Unerwartet löste sich Marc und fing an, hektisch sein Hemd aufzureißen. Er stieß dabei lautstark mit dem Ellbogen an die Kabinentür.

Jaylins Herz klopfte immer wilder und schien allmählich Richtung Hals emporzusteigen. Sein Gegenüber öffnete gerade tatsächlich die Gürtelschnalle. Wie versteinert stand er da und saugte den Anblick auf. Die fahrigen Finger, die Lust oder gar Sexgier auf Marcs Gesicht, die Muskeln, die durch das halboffene Hemd zu sehen waren …

»Halt«, flüsterte er.

»Was ist?« Marcs Stimme klang rau.

»Ich – ich …« Jaylin schluckte. »Ich kann nicht …«

»Du willst mich verarschen!«

Jaylins Hals pochte. Bislang war er noch immer mit seinen Liebhabern im Bett gelandet. Zugegeben, die Toiletten wirkten sehr gut gepflegt, aber …

»Du bist wirklich die totale Schrankschwester, hm?« Wütend riss Marc an seinem Gürtel, um ihn wieder festzuziehen.

»Tut mir leid, ich …« Jaylin fiel nichts Gescheites ein. Er wollte sich nicht erklären. Was sollte er auch sagen? Dass er Angst hatte, sich irgendwas einzufangen? Dass ihm die Atmosphäre hier nicht romantisch genug war? Dass er grundsätzlich eine Beziehung brauchte, um sich sexuell zu öffnen? Dass er verhindern musste, dass Samantha hiervon erfuhr?

In dem Moment rauschte die Spülung eines Pissoirs. Sie waren nicht allein! Augenblicklich stieg Panik in ihm auf. Wie lange hatte man ihrem Streit zugehört?

Marcs Hand legte sich auf die Türklinke. Jaylin reagierte sofort und lehnte sich gegen die Tür. Er konnte nicht sprechen, aber er wusste, dass in seinen Augen eine stumme Bitte lag. Es würde ohnehin schon merkwürdig genug aussehen, wenn derjenige da draußen sie aus dem Herrenklo herauskommen sah. Dass Jaylin womöglich vor den Blicken eines Kollegen zerfleddert aus der Kabine stolperte, musste nun wirklich nicht sein.

»Du bist so ein Weichei!«, flüsterte Marc.

»Ich hab bereits einen Jobwechsel deswegen hinter mir.« Er bereute die Erklärung sofort.

Marc verdrehte die Augen und gab damit das bislang unsympathischste Bild von sich ab. »Hör auf zu labern. Du arbeitest in der Werbebranche. Die sind alle schwul da draußen.«

»Aber es ist meine Entscheidung, okay?«

»Dann hör wenigstens auf, Sam was vorzumachen.«

Im Vorraum ertönte der Handfön. Jaylin spürte die Erleichterung. Wenn Marc jetzt die Kabine verließ, würde man sie zumindest nicht beide sehen. »Ich mache ihr gar nichts vor. Ich versuche sogar, mich von ihr fernzuhalten. Meinst du, das macht mir Spaß, immer ausweichen zu müssen?«

»Tja, da liegt der Vorteil, wenn man zu sich selbst stehen kann.« Marc entriegelte die Tür und riss sie auf.

Für einen kurzen Moment wollte Jaylin diesen Blödmann zurückhalten. Das hätte allerdings nur weiteres Theater gegeben. Ein paar Sekunden zu spät wurde ihm klar, dass er Marc nicht hatte aufhalten wollen, damit er nicht gesehen wurde. Jaylin schmeckte noch seinen Kuss. Er leckte sich über die Lippen. Jetzt wünschte er sich, er hätte den Kerl tatsächlich aufgehalten, um die Erinnerung ein letztes Mal aufzufrischen. Dann schämte er sich plötzlich für sein Versagen. Dieser Wahnsinnstyp hatte wirklich vorgehabt, es spontan mit ihm hier auf dem Herrenklo zu treiben.

Mit zittrigen Fingern schloss er die Tür ab und ließ sich zurück auf den Klodeckel fallen. Seine Hose spannte. Was hätten sie wohl gemacht? Wieder schoss Jaylin die Entschuldigung durch den Kopf, dass er aus der Übung war. Ehrlicherweise musste er sich aber eingestehen, dass er noch nie richtig viel Übung gehabt hatte. Mit solchen ungeplanten Sachen war er schlicht überfordert. Dabei hatte es doch am Anfang durchaus gut ausgesehen. Immerhin hatte es Marc geschafft, ihn mit seinem Angriff dermaßen zu überrumpeln, dass beim Schwenk ins Leidenschaftliche die zweifelnden Gedanken erst mal auf der Strecke geblieben waren. Warum hatte er da nicht einfach weitermachen können? Er dachte daran, wie Marc breitbeinig vor ihm gestanden hatte. War er auch da schon erregt gewesen?

Jaylin schlug sich fest aufs Bein. »Ver…« Er verkniff sich das Fluchen. Jetzt bereute er es, seinen Gegenüber nicht zumindest ganz in Augenschein genommen zu haben. Er hätte ihn anfassen können. Er hätte ihn streicheln und küssen können. Er hätte …

Wütend sprang er auf und stopfte sich das Hemd in die Hose. Den Rest würde er vor dem Spiegel in Ordnung bringen und … Neben der Toilette lag Marcs Jackett am Boden. »Scheiße!«

»Ja, da bist du hier am richtigen Ort, mein Junge.«

Jaylin riss die Augen auf. Das war Ronnys Stimme. Er atmete tief durch, nahm das Kleidungsstück an sich und öffnete die Kabine.

Tatsächlich stand Ronny am Pissoir. Grinsend legte er den Kopf zurück. »Vergiss das Abziehen nicht, wenn du nicht bloß mit dem Topf geredet hast. Oh, Jay-Jay, du bist es.« Er lachte und verlor kurz das Gleichgewicht. Schnell trat er wieder vor. Dass er einen Teil seines Strahls neben das Becken gepisst hatte, schien ihn nicht weiter zu interessieren. »Hast du dein Frauchen gefunden? Oder ist heute Freigang? Glaub nicht, dass ich die Blicke nicht gesehen hätte, Jungchen. Die gute Sam-Sam ist aber auch ein Gerät, was?«

Jaylin nickte einfach, ohne auf eine der Fragen einzugehen. Ronny schien ohnehin zu betrunken, als dass er sich am Montag daran würde erinnern können. Und wenn, dürfte es ihm sicherlich peinlich sein.

»Hey, Jay-Jay, warte auf mich! Ich bin fertig. Nimm mich mit!«

»Ich muss mich beeilen, Ronny. Mein Taxi wartet.« Er hob zum Abschied den Arm.

»Du gehst schon? Aber es ist doch voll früh. Die haben noch immer den guten Whiskey.« Er hickste. »Glaub ich zumindest.«

»Vergiss nicht, den Schlauch wieder aufzuwickeln, bevor du rausgehst.«

Ronny lachte dröhnend.

Sam schaffte es nicht mehr, sich voll und ganz auf ihren Gesprächspartner zu konzentrieren. Ohnehin hatte sie zwischendurch öfter mal einen Blick zum Eingang der Herrentoilette wandern lassen. Sie hoffte sehr, dass Timothy es nicht bemerkt hatte. Aber sie konnte schlicht nicht anders. Was immer Marc auch anstellte, es fesselte sie ungemein. Genau davon hatte Rose geredet. Wenn er sich in ihrer Nähe aufhielt, war es ihr unmöglich, mit den Gedanken zuverlässig bei anderen Männern zu bleiben. Marc war wie ein Magnet, der all ihre Aufmerksamkeit auf sich zog, ob er es nun wollte oder nicht. Und sie schien dagegen nicht wirklich angehen zu können. Das wurde zum Problem, da hatte Rose auf jeden Fall recht. Sie musste sich irgendwie lösen.

»Ist alles in Ordnung?«, fragte Timothy.

»Oh, ja, natürlich.« Sie entdeckte Marc neben der Tür zur Terrasse. Offensichtlich hatte er erledigt, was immer er auf dem Klo zu erledigen hatte. Und jetzt hielt er sich zurück und beobachtete sie. Ihr Herz klopfte schneller. Er wusste etwas! Dann fiel ihr sein gerötetes Gesicht auf, der schuldige Blick und die Tatsache, dass er sein Jackett nicht mehr bei sich trug. Sie biss ein paar Mal die

Zähne zusammen. Immerhin blieb er auf Abstand. Allerdings war sie nicht so naiv zu glauben, dass er das ihr zuliebe tat.

»Du wirkst ein wenig angespannt.«

Sie lächelte ihrem Gesprächspartner eilig zu. Das mit den Kiefermuskeln musste sie sich dringend abgewöhnen. Hoffentlich hatte er nicht bemerkt, wie alt und verbittert sie aussah, wenn sie ihrer blöden Angewohnheit nachgab.

»Nein, alles gut.« Sie spürte seine warme Hand an ihrem Oberarm. »Ich fürchte nur, ich habe nichts mehr zu trinken.« Sie hielt ihm ihr Glas hin. »Würdest du vielleicht?«

»Aber selbstverständlich.« Seine Augen verirrten sich kurz in Marcs Richtung. Er schien zu zögern. »Ach, da ist dein Tanzpartner.«

»Ja«, sagte Sam tonlos.

»Bin gleich zurück.«

Sie gab dem Drang nach und spannte die Kiefermuskeln wieder an. Marc kam tatsächlich auf sie zu. Und er sah aus wie ein geschlagener Hund. Ein bisschen hoffte sie, dass er tatsächlich geschlagen worden war. Das wäre eine zu witzige Geschichte, wenn Jaylin ihm für seine Anmache eine gescheuert hätte. Und so viel stand fest: Er hatte es zumindest versucht. Der Ausdruck auf seinem Gesicht sprach Bände.

»Sam, wir müssen reden.«

»Jetzt nicht, ich bin mitten in einem interessanten Gespräch.« Sie gab sich redlich Mühe, so abweisend wie möglich rüberzukommen, dabei hätte sie eigentlich gern gewusst, was er zu sagen hatte.

Marc schluckte sichtbar. »Hör zu, ich …«

Ihr Blick ging an ihm vorbei. Jaylin kam gerade aus der Herrentoilette, als hätte ihm ein Anweiser den Startschuss für den Auftritt gegeben. Er hielt tatsächlich ein zweites Jackett über dem Unterarm.

Sam sah zwischen beiden hin und her. »Willst du mir irgendwas mitteilen, das ich nicht schon weiß?«

Es tat ihr fast leid, das Entsetzen in den Augen ihres Freundes zu sehen. Aber spätestens jetzt war ihr klar, dass er es durchaus verdient hatte, ein bisschen zu leiden. Und sie würde ihn in der Sache nicht so schnell vom Haken lassen, das hatte sie sich vorgenommen. Sollte er sich ruhig ordentlich winden.

»Sam, ich …«

Ihr lag eine weitere rüde Abfuhr auf der Zunge, sie räusperte sich jedoch lediglich laut. Timothy kehrte mit zwei Gläsern zurück. In seiner Gegenwart wollte sie sich gehässige Erwiderungen lieber verkneifen.

»Störe ich gerade?«, fragte er.

Sam setzte ein Lächeln auf. »Nein, überhaupt nicht.« Leider bemerkte sie in Timothys Augen, dass er ihren Streit wohl auch als solchen erkannt hatte.

»Ich habe dummerweise nur zwei Gläser …«

»Kein Problem, ich habe eh genug«, sagte Marc.

Timothy reichte Sam ihr Glas. Dann wandte er sich an Marc zurück. »Sie sind der galante Tanzpartner. Toller Auftritt.« Er hielt ihm die Hand hin. »Mein Name ist Timothy.«

Sam schaltete sich schnell dazwischen. »Timothy, das ist Marc, mein bester Freund.« Sie betonte die letzten Worte vielleicht etwas zu stark.

Marc warf ihr auch sofort einen Blick zu, dass er die kleine Spitze verstanden hatte. Er schüttelte Timothys Hand. »Marc, sehr erfreut.«

»Und das ist Timothy, Chef unserer Texterabteilung. Er ist erst seit einem halben Jahr da, hat aber bereits zwei große Kunden überzeugt, sodass sie ihren gesamten Etat …«

»Ohoho!« Timothy lachte bescheiden. »Gleich mit Rang und Heldentaten. Lasst uns nicht über die Arbeit sprechen.« Er räusperte sich. »Sie kennen sich lange?«

Marc setzte zu einer Antwort an, Sam kam ihm jedoch erneut zuvor. »Seit Kindertagen. Ja-ja, die Zeit geht ganz schön schnell rum.« Sie hakte sich beiläufig bei Timothy unter. »Ich hab ihn hergeschleift, weil ich einen Chauffeur brauchte.«

»Tja, wofür hat man Freunde?« Timothy amüsierte sich sichtlich.

»Beste Freunde«, murmelte Marc.

»Zu schade, er möchte leider nach Hause. Ich hab ihm versprochen, dass es heute nicht so lang wird. Dumm eigentlich, da es gerade interessant wurde.«

»Du kannst doch noch bleiben«, sagte Marc. Das Schuldbewusstsein war aus seinem Gesicht verschwunden. Stattdessen sah er sie jetzt herausfordernd an. »Ich komme schon klar, und wenn du vielleicht eine – galante Mitfahrgelegenheit findest …« Er deutete auf Timothy und sah ihn sogar fragend an.

Sam war nicht entgangen, dass ihr Freund das Wort *galant* leicht überbetont hatte, um auf die Begrüßung ihres Gesprächspartners anzuspielen. Sie wusste, dass er sie damit noch aufziehen würde. Er fand immer irgendwelche Worte, die er als unmöglich ankreiden konnte.

»Aber ja, natürlich!«, antwortete Timothy. »Ich würde mich sehr gern weiter unterhalten.« Er schaute Sam an. »Und ich weiß sogar, wie man ein Taxi dirigiert.«

Sam grinste aufrichtig. »Das klingt doch gut.« Als Timothy nicht hinsah, ließ sie ihr Grinsen seitlich wegrutschen. »Hätten wir das geklärt.«

Marc lächelte gehässig.

Sam spannte die Kiefermuskeln an. Für Timothy hielt sie allerdings stets ein hübsches Lächeln in Griffweite. Natürlich wusste sie, dass sie sich ganz schön aus dem Fenster lehnte, aber jetzt gerade überraschte Marcs Arschigkeit sie tatsächlich. Er war schuldig, das stand fest. Und sie wollte ihn ein bisschen bestrafen. Dass er nun jedoch den Spieß umdrehte und ein Duell daraus machte, war schlicht unverschämt. Obwohl: Was hatte sie erwartet?

Marc schien ihren Ärger zu bemerken, denn sogleich senkte sich die Schuld wieder über sein Gesicht.

»Sind Sie mit dem Wagen da?«, fragte Timothy. Offenbar wollte er noch mal an den angekündigten Aufbruch erinnern.

Sam musste schmunzeln. Der Mann war richtig gut.

»Ja, äh …«

»Passen Sie auf, es wurde Glatteis für heute Nacht angesagt.«

»Ich werde mir ohnehin ein Taxi nehmen müssen. Ich denke, ich hatte ein Glas zu viel.«

Timothy nickte. »Vernünftig.«

»Ich hoffe, ich bin jetzt nicht derjenige, der hier stört.« Marc warf Sam erneut einen stichelnden Blick zu. »Mein Taxi ist zwar bestellt, aber bislang habe ich keine Nachricht, dass es da ist.«

»Bei dem Betrieb solltest du lieber unten warten«, sagte Sam. »Die nehmen gleich die erstbesten Fahrgäste, selbst wenn du angerufen hast.«

Er hob den Finger, als wäre ihm gerade die Erkenntnis gekommen. »Vielleicht ist das das Problem.« Dann schüttelte er bedauernd den Kopf. »Leider hab ich auch noch mein Jackett verlegt. Ganz schön kalt unten. Da warte ich doch besser ein wenig, bis sich ein Taxifahrer erbarmt und tatsächlich kurz anruft.«

Sam konnte nicht anders, als ihren Freund für sein Geschick zu bewundern. Natürlich hatte sie es selbst darauf angelegt. Nun befanden sie sich inmitten eines ihrer üblichen Kämpfchen. Ausgerechnet in Timothys Gegenwart. Wahrscheinlich hatte der längst bemerkt, was hier zwischen ihnen lief. Wie unangenehm.

Zu Sams Entsetzen steuerte jetzt auch noch Jaylin auf sie zu. Er hatte die letzten Minuten hinten auf einer Couch gesessen und offenbar gewartet, dass Marc sein Jackett vermisste. Nun ergriff er die Initiative. Sam biss nervös die Zähne zusammen. Warum konnte er den blöden Fetzen nicht einfach da über die Sofalehne werfen?

Marc erzählte gerade etwas von ihrer Tanzdarbietung. Timothy musste gefragt haben, ohne dass sie es mitbekommen hatte. Wenigstens handelte es sich um ein unverfängliches Thema.

»Jaylin.« Sam begrüßte ihren Kollegen in der Gruppe. Angriff war immer noch die beste Verteidigung. Und wenn sie ihn sofort mit Beschlag belegte, ließ sich vielleicht verhindern, dass das Gespräch unangenehm wurde. »Wo hast du denn gesteckt, wir hatten erst draußen gewartet, aber es ist ja doch recht frisch.«

»Ich bin leider aufgehalten worden. Ein – wichtiges Gespräch.«

Sam ahnte, was das Stocken bedeutete. Es musste sich um einen intensiven Austausch gehandelt haben, bei dem man durchaus schon mal ein Kleidungsstück verlieren konnte. Ihr entging nicht, wie Jaylin Marc beiläufig das Jackett in die Hand drückte. Das war so geschickt, dass sie fast laut lachen musste. Die beiden wirkten jetzt in diesem Augenblick wie ein Ehepaar.

»Ich wollte mich auch nur kurz verabschieden.«

Marc wandte sich zu Jaylin, als hätte er ihn gerade erst bemerkt. »Was? Du gehst?«

»Ja.« Es klang steif.

Sam entdeckte Angst in Jaylins Augen. Ihr fiel auf, dass ihr Kollege zudem ziemlich blass war. Automatisch nahm sie ihn beim Handgelenk. »Geht's dir gut?«

»Was?«, fragte er irgendwie gehetzt. »Ja, natürlich. Warum?«

»Nur so.« Sam ließ irritiert von ihm ab. Sie biss wieder rhythmisch die Zähne zusammen. Es musste am Jackett liegen. Er hatte wohl bemerkt, dass ihr die Übergabe nicht entgangen war. Sie löste sich von Timothys Seite und legte einen Arm um Jaylin. Sie spürte, wie angespannt er war. »Kannst du mal halten?«

Er nahm ihr Glas.

»Ich habe etwas im Auge«, murmelte sie und zog ein Taschentuch aus ihrer Miniaturhandtasche. Kurz drehte sie sich von der Gruppe weg. Jetzt war sie froh, dass sie sich auf diesen Moment vorbereitet hatte. Heimlich zupfte sie einen winzigen Briefumschlag aus der Handtasche, auf den sie Jaylins Namen geschrieben hatte.

»Kennst du Timothy?«, fragte Marc. »Wir unterhalten uns gerade über …«

»Er ist mein Boss«, sagte Jaylin knapp.

Sam drehte sich eilig wieder um.

Timothy lachte. »Das klingt ja glatt nach einem dicken Kerl mit Zigarillo im Mundwinkel.« Er richtete sich an Marc. »Jay ist einer meiner besten Texter. Wenn Sie jemanden brauchen, der für Sie mit Worten jongliert: Das ist Ihr Mann.«

Heimlich schob Sam Jaylin den kleinen Umschlag in die Tasche seines Jacketts. Der Ausdruck auf seinem Gesicht und seine blasse Gesichtsfarbe gefielen ihr gar nicht. Ob sie sich Sorgen machen sollte?

»Mein Mann.« Marc wiederholte die Worte geradezu genüsslich.

Mit einem Mal verstand Sam. Aber es war zu spät, um noch einzuschreiten. Also wurde sie stumme Zeugin, wie Jaylin zuerst ihren Champagner runterkippte und dann Marcs Arm ergriff.

Sam schnappte nach Luft. Sie befürchtete, dass die Sache jetzt in eine wilde Rangelei ausarten würde. Auch Marc schaute fast schon erschrocken aus dem Hemd.

»Mein Mann!«, sagte Jaylin fest. Er grinste unsicher. »Zu witzig, dass du mich meinem Chef vorstellen willst, Schatz.« Das Kosewort klang wie eine Drohung.

Timothy riss die Augen auf. »Oh!« Dann lachte er ausgelassen.

»Das ist in der Tat ein witziger Zufall.«

Sam blickte irritiert zwischen Timothy, Jaylin und ihrem absolut sprachlosen Freund hin und her. Ein bisschen war ihr schwindelig. Immerhin sagte Marcs Blick ihr, dass er nicht eingeweiht war. Und sie schickte ihm eine wortlose Mahnung zurück, dass er besser mitspielen sollte.

»Nicht?« Jaylin war noch blasser als zuvor. »Ich – ich hab immer mal auf – die richtige Gelegenheit gewartet …«

»Deinen Partner zur Weihnachtsfeier mitzubringen war auf jeden Fall eine gute Idee.« Dann runzelte Timothy die Stirn. »Also …« Er deutete von Marc zu Sam und schließlich zu Jaylin.

»Wir sind befreundet«, sagte Sam. Ihr war natürlich klar, dass die Geschichte ein bisschen unausgegoren daherkam. »Wollen wir einen Champagner besorgen, Timothy? Meiner ist auf wundersame Weise verschwunden. Diesmal komme ich auch mit zur Bar.«

»Jungs, ihr habt die Lady gehört.« Timothy lupfte einen imaginären Hut. »Viel Spaß euch noch.«

Kapitel 10

Jaylin kam es vor, als befände er sich in einer Zeitkapsel. Er hatte es tatsächlich durchgezogen. Eigentlich hatte er Marc nur sein blödes Jackett zurückgeben wollen. Im Grunde hätte er es auch einfach irgendwo abliefern und gehen können. Was interessierte ihn, ob der Kerl seine Klamotten beieinanderhatte? Jetzt im Nachhinein wusste er, dass er lediglich einen Vorwand gebraucht hatte. Eine Ausrede vor sich selbst, um noch mal Kontakt aufzunehmen.

Der kräftige, sehnige Körper, der sich gegen seinen gepresst hatte, die hitzige Lust in ihrer Mitte, die brutalen und doch wunderbar verlockenden Küsse … Jaylin dachte an diese warmen, braunen Augen, die auch ganz anders konnten. Er hatte verstanden, dass Marc ausschließlich seine Freundin hatte beschützen wollen. Und er schämte sich ein wenig dafür, dass es ihm nur für sich selbst unangenehm gewesen war. Natürlich war es unfair Samantha gegenüber.

Die Hände auf seinem Hintern, die verlangend zugepackt hatten, sein Atem, hektisch erregt und heiß, der Kontrast zwischen ihrem Ringen und den weichen Lippen …

Jaylin hatte Samanthas Blick gesehen. Er war aufgestanden,

ohne überhaupt zu wissen, dass er es tat. Wie durch einen Traumschleier war er auf sie zugegangen. An den Seiten rauschten Menschen vorbei, Partygäste oder Zuschauer, die laut redeten und lachten oder ihn anfeuerten. Erst hatte er ihr das Jackett geben wollen, aber dann war ihm von irgendwo die Idee zugerufen worden, das Kleidungsstück seinem Eigentümer persönlich in die Hand zu drücken. Schöne Hände, an die er sich gar nicht mehr recht erinnern konnte, weil alles viel zu aufregend gewesen und zu schnell gegangen war. Eine Gelegenheit, ihn noch mal zu spüren, nur ganz wenig, ein bisschen von seiner Wärme abzubekommen.

Und da war wieder sein Angriff dazwischengefunkt, sein wütender Blick, der verächtliche Zug um die Mundwinkel. Jaylin wusste jetzt, weshalb ihn die Bezeichnungen Klemm- und Schrankschwester so verletzt hatten. Er hatte seinerseits versucht, Marc zu beleidigen, aber das war an ihm abgeperlt wie ein Regentropfen auf der frisch gewachsten Windschutzscheibe. Er selbst dagegen war sich durchaus bewusst, dass er ein Feigling war. Natürlich hatte er seine Gründe. Dennoch gab es unzählige Schwule, die weitaus schlimmere Erfahrungen gemacht hatten und sich trotzdem trauten, zu sich zu stehen. Er schämte sich dafür, dass er so schwach war. Er kam sich fast schon wie ein Verräter vor.

Das war der Moment gewesen, da ihm eine weitere Idee zugerufen worden war. Und er hatte es längst geahnt auf seinem Weg. Er hatte es in Sams Augen gelesen, dass er etwas völlig Wahnsinniges tun würde. Ihre unerwartete Sorge hatte ihn nur noch mehr angeheizt. Aber die kurze Berührung, der kleine Funken Wärme bei der Übergabe des Jacketts, das hatte ausgereicht.

»Was zur Hölle …« Marc brach in die apathische Gedankenblase ein wie Meerwasser in ein leckgeschlagenes Tauchboot.

Jaylin keuchte. Er beugte sich leicht vor, hob einen zitternden

Finger zum Mund, als wollte er um Ruhe bitten. Ein Arm hielt ihn plötzlich um die Hüfte, eine Hand drückte gegen seine Brust, um ihn aufzurichten.

»Alles okay«, flüsterte Marc. Seine Stimme klang nicht mehr aufgebracht, sondern überraschend sanft.

Jaylin entdeckte Samantha und seinen Boss am anderen Ende des Saals. Sie waren mit sich beschäftigt, unterhielten sich. Sam drehte sich aber mitten im Gespräch unsicher zu ihnen um. Er schaute schnell weg.

Sekundenschnell blitzte die Situation wieder auf. Das unerwartete Lachen seines Chefs, die völlig entspannte Reaktion, die dem verdutzten Gesichtsausdruck gefolgt war. Und wahrscheinlich war dieser kurze Augenblick der Überraschung lediglich mit dem reichlich ungeschickten Outing zu begründen. Timothy hatte kein bisschen den Eindruck gemacht, als hätte er nun ein Problem mit Jaylin. Bis auf diesen kurzen Moment hatte er nicht mal sonderlich erstaunt gewirkt. Konnte es wirklich so einfach gewesen sein?

»Ist doch alles gutgegangen.« Marc klopfte ihm auf die Schulter.

Ein wenig kam sich Jaylin vor, als schwebte er über die Tanzfläche. Jetzt war er es, den Marc herumwirbelte. Und das traf es letztlich ja auch. Marc hatte ihn geführt und das hier war das Ergebnis. Plötzlich ärgerte es ihn, dass er das zugelassen hatte. Ausgerechnet diesen Kerl hatte er als seinen festen Freund – nein, sogar als seinen Mann vorgestellt.

Er riss sich los und floh. Er konnte sich selbst als blöder Teenager sehen, der von einer Party weglief, nur weil jemand Vermutungen über seine Vorlieben angestellt hatte. Er fühlte sich in der Vergangenheit gefangen, unsicher und albern, weil er noch immer nicht das Rückgrat hatte, das man von einem erwachsenen Menschen erwarten können sollte. Das alles machte ihn wütend.

Am meisten auf sich selbst.

Jaylin stürmte aus dem Saal. Ein Paar im Flur schaute ihn fast schon erschrocken an. Er kannte die Gesichter, obwohl er sie kaum sah, fand aber auf die Schnelle keine Übereinstimmung mit seinem Namensgedächtnis.

»Jay-Jay«, lallte jemand. »Wohin so – eilig?« Ein unterdrücktes Rülpsen hatte die Frage kurz unterbrochen.

»Taxi«, rief Jaylin. Dann bremste er sich. Auch wenn Ronny betrunken war, kam es ihm zu unhöflich vor, einfach ohne Verabschiedung davonzulaufen. Er drehte sich um. »Wir sehen uns Montag in der Firma, Ronny.« Er deutete schnell eine Verbeugung an. »Miranda.«

»Kommen Sie gut nach Hause.« Sie schlug ihrem Mann strafend auf die Wampe. Der sah alles andere als frisch aus und rülpste erneut. »Schatz!«, knurrte sie.

Jaylin eilte weiter Richtung Ausgang. Hinter zwei geöffneten Milchglastüren, die von geweißten Tannenbäumen eingerahmt wurden, lagen die Aufzüge. Die Anzeigetafeln über den Türen zeigten den siebten und den neunten Stock an. Er befand sich im Zweiten.

Wenn er die Wahl hätte, würde er mit Ronny tauschen wollen? War es peinlicher, einen vollkommen fremden Kerl als seinen schwulen Mann vorzustellen? Auch wenn er Ronnys Ausfall nicht gerade ästhetisch fand, beschädigte das seine Sympathie für den Witzbold nicht wirklich. Ebenso hatte sich Timothy von der Nachricht seiner Homosexualität nicht sonderlich beeindruckt gezeigt.

Die Zahlen änderten sich nicht. Jaylin trat nervös von einem Fuß auf den anderen. Hinter sich hörte er Miranda leise schimpfen. Kurzentschlossen ging er auf die Tür zum Treppenhaus zu. Er wollte jetzt ohnehin nicht mit Leuten auf engem Raum eingesperrt sein.

»Jay!«, rief jemand. »Warte!«

Im ersten Moment dachte er, es sei Ronny, der ihn noch mal nach dem Verbleib seiner Frau fragen wollte. Aber es war Marcs Stimme.

Jaylin stieß die Tür auf. Das Treppenhaus sah deutlich weniger elegant aus.

»Warte doch!«

Er flüchtete vor den Schritten, die ihn verfolgten.

»Mensch, Jay!«

Die vorletzte Stufe vor dem Absatz erwischte er nicht ganz. Seine Hacke rutschte über die Kante und Jaylin trat unerwartet ins Leere, bevor die nächste Stufe ihn unsanft stoppte. Automatisch hielt er sich am Handlauf fest, fiel aber dennoch nach hinten und setzte sich peinlicherweise auf die Treppe.

Marc lachte. »Was machst du denn da? Bist du besoffen oder was?« Er hüpfte leichtfüßig auf den Absatz und schaute ihn an.

Jaylin war klar, dass jemand wie Marc sich eine solche Aktion wie gerade nicht einfach gefallen lassen würde. »Hör zu, ich – also … Es tut mir leid, okay? Ich hab das nicht wirklich – geplant oder so. Ich weiß, dass es eine – verdammt, eine richtig bescheuerte Idee war. Tut mir leid.«

Marc beugte sich vor. Er legte seine Hände auf Jaylins Schultern. »Was redest du da? Das war genial.« Er grinste. »Hätte ich dir echt nicht zugetraut.«

»Ich – ich mir auch nicht.«

»Jetzt weiß Sam woran sie ist. Gut, wahrscheinlich wird sie denken, dass ich hinter der Aktion stecke, und nie wieder ein Wort mit mir reden. Trotzdem, ich find's klasse.«

»Ja, total.«

Marc schwang sich neben ihn auf die Stufe. »Herzlichen Glückwunsch zum Outing. War aber nicht dein Erstes, oder?«

»Nein.« Jaylin spürte die Wärme des anderen Körpers.

»Tut mir leid, dass ich dich Klemmschwester genannt hab.«

»Tucke war auch nicht gerade nett.« Er schluckte.

»Stimmt. Also sind wir quitt.«

»Abgesehen davon hast du ja recht …«

»Ich wollte dich nicht erpressen oder so. Ich hoffe, das ist nicht irgendwie – falsch rübergekommen. Ich bin manchmal ein wenig drüber, wenn ich mich aufrege … Nein, ich bin generell bescheuert.«

»Fällt mir nicht leicht, so offen damit umzugehen.«

Marc schwieg.

»Mag sein, dass manche ihre schlechten Erfahrungen nutzen, um sich trotzig zu behaupten. Ich bin eher der Typ, der sich gern unsichtbar macht.«

»Es wäre schade, wenn du wirklich unsichtbar wärst. Da hätte ich gar nichts zu gucken.«

Jaylin lachte kurz auf. »Klar.«

»Kann ich deine Nummer haben?«

»Ähm – ich …«

»Oder warte, ich gebe dir meine.« Marc zückte sein Handy. »Hast du …« Er hielt inne.

»Hab mein Telefon nicht dabei.«

»… was zu schreiben?« Er zog einen noblen Kugelschreiber aus seinem Jackett.

»Ein Taschentuch.« Jaylin kam sich wie ein kleiner Junge vor, den man immer wieder aufs Neue überrumpeln konnte. Fehlte nur noch, dass er sich die Telefonnummer in die Handfläche kritzeln ließ, wie es die Mädchen auf der Highschool getan hatten.

Er griff ins Jackett und holte mit dem gefalteten Taschentuch einen kleinen Briefumschlag hervor. Überrascht las er seinen Namen.

»Liebesbrief?« Marc wirkte trotz der humorvollen Frage nicht sonderlich amüsiert.

»Keine Ahnung, ich …« Er drehte den Umschlag schnell um und reichte ihn weiter. »Immerhin kannst du deine Nummer draufschreiben.« Es war wohl besser, nicht ausgerechnet jetzt nachzuschauen, wer ihm da was zugesteckt hatte. Insgeheim ahnte er ohnehin, dass es nur eine Nachricht von Samantha sein konnte. Damit war die Peinlichkeit dann nun perfekt. Wie sollte er ihr auf der Arbeit je wieder in die Augen schauen können, wenn sie ihn … Nein, das war ganz bestimmt keine Einladung für ein Stelldichein. Er schob den Gedanken entschieden beiseite.

»Hier.«

Jaylin nahm den Umschlag zurück und ließ ihn betont gelassen verschwinden.

»Willst du nicht nachschauen?«

»Was? Ob mir deine Nummer gefällt?«

Marc lachte. »Ich hoffe doch, dass sie dir so gut gefällt, dass du sie auch wählst.«

»Schauen wir mal …«

»Muss ja nichts bedeuten.«

Jaylin erhob sich. »Okay, weiß ich Bescheid.«

»Nein!« Marc sprang auf und hielt ihn am Arm fest. »So war das nicht gemeint. Also – nicht sexmäßig. Ich – ach, scheiße!« Er kicherte. »Ich meinte, dass wir uns auch nur ganz normal treffen können.«

»Klar.«

»Jetzt hab ich verschissen, oder?«

Nun lachte Jaylin. Es gefiel ihm, dass sein Gegenüber sich ins Zeug legte. »Nein, natürlich nicht. Ich fänd's schön, einen Freund zu haben.«

»Einen Freund oder einen Freund-Freund?«

»Ich hab nicht viele Kontakte.« Er war sich bewusst, dass er die Frage damit nicht wirklich beantwortete.

Marc ließ jedoch nicht locker. »Hat dir das auf der Toilette gefallen?«

Jaylin schluckte. Er spürte die Nähe des anderen Körpers erneut überdeutlich. »Ja …«

»Aber?«

»Nichts aber.«

»Warum hast du mich dann aufgehalten?«

»Ich …« Er räusperte sich. »Ich bin – ein wenig aus – der Übung.«

Marc schmunzelte.

»Lach mich nicht aus!«

»Du bist nicht nur sexy, sondern auch noch süß.«

Jaylin drehte den Kopf weg. »Danke.«

»Das ist ein Kompliment. Ich mag die Kombination.« Marc drängte sich plötzlich gegen ihn und sie landeten an der Wand.

Diesmal ergriff Jaylin die Initiative. Er legte seine Hand in Marcs Nacken und zog den Kerl zu einem Kuss an sich. Erneut spürte er die Erregung des anderen und ließ sich davon bereitwillig anstecken. Genau das hier hatte er sich gewünscht. Er wollte diesen Moment noch mal erleben. Und es war sogar besser als vorhin. Die Leidenschaft flammte in ihnen augenblicklich auf, doch die Berührungen fielen weniger hart aus.

Jaylin keuchte, als eine Hand zwischen seine Beine fand. Er zuckte kurz zurück, presste sich dann aber in den Griff.

»Schön«, flüsterte Marc. »Ich würde dich gern auspacken.«

»Ähm, hör zu, ich …«

In dem Moment ging ein halbes Stockwerk über ihnen die Tür auf.

»So eine Scheiße!«, lallte Ronny und sein dröhnender Bass schallte lautstark durchs Treppenhaus.

Marc trat sofort einen Schritt zurück.

»Jetzt beruhig dich!« Miranda hatte offenbar alle Hände voll zu tun, ihren Mann möglichst ohne großes Aufsehen von der Feier zu entfernen.

»Jay-Jay! Was machst du denn noch hier? Ist die Treppe auch ausgefallen?« Ronny lachte.

Miranda schaute ihn hilfesuchend an. »Die Aufzüge stecken wohl fest.«

»Verdammten Scheißdinger!«

»Ronny!«

»Mein Taxi hat mich versetzt«, sagte Jaylin. »Habt ihr eins?«

»Vorausgesetzt, der Wagen wartet länger auf uns als wir auf die bekackten Aufzüge!« Ronny schlidderte ein paar Stufen hinunter und klammerte sich schließlich ans Geländer. Gerade so eben noch konnte er einen richtigen Sturz verhindern. »Huh! Schatz, pass auf, is ne verfluchte Rolltreppe hier!«

»Herrje! Ronny!« Miranda eilte ihrem Mann zur Hilfe. »Jaylin, es ist mir furchtbar peinlich, aber würden Sie mir vielleicht helfen? Er hat sich einfach nicht im Griff, dieser …« Sie schlug ihrem Mann halbherzig auf den Oberarm.

»Natürlich. Mache ich gern.« Er bereute gerade, in seiner Verlegenheit nach einer gemeinsamen Taxifahrt gefragt zu haben.

»Das wäre wunderbar, wirklich. Ich weiß gar nicht, wie ich Ihnen danken soll.« Sie schaute zu Marc hinüber. »Kommt Ihr netter Freund auch mit?«

»Oh, nein, ich muss noch auf meine Begleitung warten«, sagte Marc. »Ich wünsche allseits eine gute Heimreise.«

»Hach, wie gut, das wäre sonst auf dem Rücksitz eng geworden mit meinem Bärchen.«

Ronny rülpste.

Jaylin nahm seinen Arm, um ihm die letzten Stufen hinunterzuhelfen. Das plötzlich sehr klamme Gefühl von Verlust in seiner Brust löste sich schlagartig auf, als Marc ihm zum Abschied heimlich in den Hintern kniff.

Kapitel 11

Widerwillig stieg Marc die Treppe hinauf, während der Sturzbetrunkene namens Ronny seine Frau und Jay auf Trab hielt. Am liebsten hätte er Jay noch ein paar Mal in den Po gekniffen. Überhaupt hätte er, wenn es nach ihm gegangen wäre, gar nicht von ihm abgelassen. So viel hatte er jedoch mittlerweile begriffen: Seine neue Liebschaft war in Sachen schneller Sex ungewöhnlich zurückhaltend. Es gab einen Teil von Marc, den das gehörig nervte. Insgesamt war er aber durchaus zufrieden, auch wenn ihm die Ungewissheit eher fremd war. Üblicherweise bekam er, was er wollte – und zwar gleich.

Er trat in den Flur zurück. Auf dem Weg an den Aufzügen vorbei schlug er frustriert auf den Knopf, der mit seinem Leuchten tatsächlich die Ankunft ankündigte, während die Zahlen oben sich nicht bewegten. Er stellte sich vor, dass Jay und er da festhingen und sich miteinander beschäftigten. Das wäre ein schönerer Abschluss des Abends gewesen. Stattdessen musste er jetzt auf diese schreckliche Weihnachtsfeier zurück, die ihm ohne Jay nun gleich viel ätzender vorkam. Nicht zuletzt, weil er wohl oder übel auf Sam treffen würde.

Marc verzögerte seinen Schritt und schlenderte nur noch den

Gang hinunter. Immer mehr Gäste verließen den Saal. Offenbar war allgemein Aufbruchstimmung ausgebrochen. Er hatte nicht übel Lust, ebenfalls einfach abzuhauen. Warum hatte er die Frage, ob er mitfahren würde, nicht als Einladung aufgefasst? Die Matrone und ihren betrunkenen Mann hätte es sicher nicht gestört. Und die wären irgendwann schließlich ausgestiegen …

Plötzlich stürmte Sam aus dem Saal. Überrascht blieb sie stehen. »Ah, Gott sei Dank. Du bist noch da.«

»Was ist mit deiner Mitfahrgelegenheit?« Er schaffte es nicht, den spitzen Tonfall ganz rauszunehmen.

»Ich habe mich für deinen merkwürdigen Auftritt entschuldigt und gesagt, dass ich nun dringend nach dir sehen muss, damit du deine Tabletten bekommst.«

»Geschickter Schachzug, ihn mit Schampus wegzulocken, während ich angeschlagen zurückbleiben muss. Da bist du ja dem Tod noch mal von der Schippe gesprungen.«

»Dem Tod?«

Marc deutete auf sein Haar. »Na ja, er war sehr galant, aber schon ein bisschen überreif, oder?«

»Nun ja, er ist hetero, ganz bestimmt. Da gilt eine andere Zeitrechnung. Wie alt bist du noch gleich?«

»Autsch, der wunde Punkt. Hinterhältiges Biest.«

»Fährst du mich? Oder hast du wirklich zu viel getrunken?«

»Ich fahre.« Er reichte ihr seinen Arm. Es erleichterte ihn, dass sie sich so locker einen Schlagabtausch mit ihm lieferte. »Geht's dir gut?«

»Sehr.« Sam hakte sich strahlend ein. »Ich hab echt gedacht, du wärst einfach abgehauen.«

»Auch wenn ich manchmal ein Arsch bin, würde ich dich trotzdem noch aus den Fängen eines Silberrückens befreien, ganz egal wie galant er ist.«

Sie lachte.

»Oder bist du nun auf altes Eisen umgestiegen? Sag's nur, ich liefere dich gleich wieder ab.«

»Für heute reicht's mir, danke.«

»Für heute?«

»Was war das mit deinem Jackett?«

»Irgendwas stimmt mit den Aufzügen nicht. Ich fürchte, wir müssen die Treppe nehmen.«

»Kein Problem.«

Er öffnete die Tür und führte sie ins Treppenhaus. Die Hoffnung flammte in ihm auf, dass sie Jay vielleicht noch sehen würden, wenn sie sich beeilten. Aber er durfte nicht hetzen, sonst würde es Sam auffallen, falls sie sich unten tatsächlich begegneten. »Geht's mit den Schuhen?«

»Alles wunderbar.« Sie hielt sich an ihm und dem Geländer fest.

Marc überlegte, ob er erneut fragen sollte, was sie genau meinte, dass es ihr für heute reiche. Da war so ein merkwürdiger Ton in ihrer Stimme gewesen. Am galanten Timothy konnte es gewiss nicht liegen. »Hast du in den nächsten Tagen irgendwas vor?«

»Ein Date vielleicht.« Sam sah ihn scharf an. »Und du?«

Es entging ihm nicht, dass sie ihm jeden Ball angeschnitten zurückspielte. »Ein Date? Schön. Warum nur vielleicht?«

»Weil ich noch keine Antwort habe.«

Marc versuchte, das flaue Gefühl in seinem Bauch zu ignorieren. Also hatte er sich doch nicht getäuscht. Das war Sams Handschrift gewesen auf dem Umschlag. Eine Art Liebesbriefchen, das sie Jay heimlich zugesteckt hatte. Und er hatte seine Handynummer draufgesetzt ...

»Geht's dir nicht gut? Sollen wir lieber ein Taxi nehmen?«

»Nein, alles in Ordnung.« Trotzdem blieb er stehen. »Die Sache mit – mit Jaylin ...«

»Willst du das wirklich hier besprechen?«

»Was sagst du dazu?«

Sie zögerte. »Wozu genau?«

»Hast du gehört, was er gesagt hat?«

Sam lachte. »Ein grandioser Einfall. Echt, Herzchen, du hast dich diesmal selbst übertroffen.« Sie stieg ohne ihn weiter die Stufen hinab.

»Sam!« Sein Ruf hallte durchs Treppenhaus. »Das war kein – das war nicht – gespielt.«

Sie grinste ihn breit an. »Ja-ja, versuch nur, deine Story noch zu retten. Das Jackett war genial. Wie betont unauffällig er es dir in die Hand gedrückt hat. Deine schuldbewusste Miene, vielleicht ein Tick zu viel. Echt, das war …«

Marc sprang die Stufen hinunter. »Glaubst du wirklich, dass Jaylin sich nur so zum Spaß vor seinem Boss outet? Hast du nicht gesehen, wie er geguckt hat? Ein Schwein am Spieß hätte daneben fröhlich ausgesehen.«

»Netter Vergleich. Aber knusprig ist er ja …«

»Sam!« Er hielt sie zurück. »Was hast du ihm geschrieben?«

Jetzt wirkte sie tatsächlich überrascht. »Geschrieben?«

»Hör auf mit deinen Spielchen. Du hast ihm einen Brief zugesteckt, richtig?«

Sie antwortete nicht.

»Verdammt, Sam, sei nicht so störrisch. Ich will dir echt nicht das Leben schwermachen, aber ich kann dich auch nicht einfach …« Er brach ab.

»Was?«

»Er ist schwul, okay?«

»Woher willst du das so genau wissen?«

»Ich …« Ihm ging die Szene auf der Herrentoilette durch den Kopf. Noch eindeutiger war allerdings das gerade hier im Treppenhaus gewesen. Jay war niemand, der sich nur mal ans andere Ufer verirrte. Marc glaubte nicht mal, dass er überhaupt etwas mit Frauen anfangen konnte. »Ich weiß es einfach.«

Sam wandte sich ab und ging. Diesmal ließ sie sich nicht aufhalten.

Am liebsten hätte Marc sie erneut gestoppt und sie kräftig geschüttelt. Sie musste doch verstehen, dass sie sich völlig zum Idioten machte, wenn sie den Kerl weiterhin belagerte. Aber er stieg lediglich hinter ihr die Treppe hinunter. Er wollte nicht mal zu ihr aufschließen. Das Gefühl in seiner Brust sagte ihm, dass sich irgendwas zwischen ihnen geändert hatte. Und er selbst wusste was es war. Er hatte sie schon wieder betrogen. Natürlich war es Unfug, dass er ihr Jay ausgespannt hatte. Sie hätte ohnehin keine Chance gehabt. Es wäre jedoch seine Pflicht als bester Freund gewesen, auf ihre Befindlichkeiten Rücksicht zu nehmen. Stattdessen setzte er alles daran, diesen Kerl für sich zu gewinnen. Dabei hatte er ihn anfangs nicht mal wirklich anziehend gefunden, höchstens durchschnittlich. Ihm Laufe des Abends war Jaylin allerdings immer interessanter geworden. Marc musste sich den Gedanken bewusst verkneifen, dass er sich vielleicht verliebt hatte. Wenn er Sam damit ankam, würde sie ihm wohl zurecht eine scheuern. Das wäre dann die zweite Ohrfeige des Abends. Nur, dass mit der ersten eine Beziehung anfangen könnte, mit der zweiten eine enden …

Er folgte Sam nach draußen. Glücklicherweise war von Jay und dem ulkigen Paar nichts zu sehen. Das hätte jetzt noch gefehlt, dass Sam eventuell die Blicke zwischen ihnen mitbekommen hätte. Wieder fiel ihm der kleine Umschlag ein und Sams optionales Date. Verdammt, das konnte sie doch nicht ernst meinen! Es sei denn …

»Scheiße, Sam.«

Sie drehte sich um. »Oh, gleich mit vollem Namen …«

Unter normalen Umständen hätte er gelacht. »Wann hast du ihm das Briefchen zugesteckt?«

»Warum willst du das wissen? Er hat ihn nun und du wirst ihn wohl kaum zurückholen können, oder?«

Marc schluckte. Wenn er könnte, er würde es versuchen. Wahrscheinlich war es aber ohnehin schon zu spät. Natürlich hatte sie ihm den Umschlag ins Jackett gesteckt, bevor er sich geoutet hatte. Ihr gereizter Unterton passte dazu.

»Was jetzt?« Sie verlangte mit einer ungeduldigen Geste nach seinem Arm.

»Hast du die Adresse?«

»Deine?« Offenbar gab sie sich Mühe, möglichst locker rüberzukommen.

»Nein, natürlich seine.«

»Von Jaylin?«

»Von wem bitte sonst?«

»Nicht im Kopf.«

»Wundert mich jetzt.«

»Weil ich so besessen von ihm bin, wie?«

»Aber du kennst seinen Nachnamen und …«

»Wird das ein Wettstreit, wer sein Date zuerst hat?«

Marc führte sie schweigend vom Hotel weg. Ein leichter Kopfschmerz kündigte sich an. Die Nachtluft schien deutlich kälter geworden zu sein. Sam fühlte sich neben ihm nicht weniger eisig an. Wenn sie ihm die Adresse nicht geben wollte, konnte er auch nichts für sie tun. Ein bisschen bedauerte er es tatsächlich, weil er nicht nur ihren Brief im Sinn hatte. Er musste sich anstrengen, nicht immer wieder an Jays hitzigen Körper zu denken, die sanften Lippen, das feuchte Verlangen seines Munds …

Erst, als sich Sam von ihm löste, bemerkte er, dass sie angekommen waren. Eilig holte er den Schlüssel aus seiner Hosentasche und betätigte die Schließanlage. Sie wartete nicht darauf, dass er ihr die Tür öffnete. Aber er schloss sie für sie, nachdem sie ihren Mantel in Sicherheit gebracht hatte.

Während er um den Wagen herumging, kam ihm eine merkwürdige Frage in den Sinn. Würde er die Freundschaft mit Sam für Jaylin opfern? Der Typ wusste selbst kaum wo er stand. Ein erwachsener Mann, der sexuell unsicher und ungeoutet durch die Welt traumwandelte. Was wäre der Lohn für diesen überteuerten Preis? Eine Nacht, in der es eher schlecht als recht lief? Vielleicht doch ganz guter Sex mit mehr Zärtlichkeiten als sonst, was aber auch nicht über den Morgen danach hinwegtragen würde?

Er stieg ein und startete die Standheizung. Sie warteten, bis es allmählich warm wurde und die Scheiben aufklarten.

»Du hast also herausgefunden, dass er tatsächlich schwul ist.« Sam klang merkwürdig tonlos.

Marc schwieg.

»Was hältst du von ihm?«

Marc schwieg.

»Ich bin wirklich – überrascht.« Sie räusperte sich. »Ich hätte nicht gedacht, dass er eine solche Show abzieht. Du hättest dein Gesicht sehen sollen. Zum Schießen.«

Marc schwieg noch immer, obwohl er die Veränderung in ihrer Stimme hörte. Sein Herz klopfte unangenehm weit oben. Er wollte ihr nicht sagen, dass er ihren Schwarm regelrecht angefallen hatte. Und diese Angst überstieg das irritierende Gefühl, dass Sam wieder auf Humor umschwenkte.

»Wie hast du so schön gesagt? Ein Schwein am Spieß.« Sie lachte. »Sah wirklich ein bisschen so aus, als wäre dir kurz zuvor der Apfel aus dem Maul gefallen.«

»Ich hab ihn geküsst.« Es platzte einfach so aus ihm hinaus. Er konnte diese merkwürdige Stimmung zwischen ihnen nicht länger ertragen.

»Timothy ist in der Tat galant. Was hältst du eigentlich von ihm?«

»Hast du gehört, was ich gesagt habe?«

»Ja.« Sie lächelte. »Und? Findest du ihn wirklich zu alt für mich?«

»Keiner redet hier vom Alter. Er ist schwul, verdammt. Verstehst du das denn nicht?«

»Ach quatsch, jetzt fang nicht bei ihm auch noch an!«

»Was – sag mal, bist du bescheuert?«

»Nicht, dass ich wüsste.«

»Ist schon mal ein erstes Warnsignal.«

Sie lächelte ihn weiterhin an. Dann zogen sich ihre Mundwinkel immer breiter auseinander.

Plötzlich wurde ihm klar, dass hier etwas nicht stimmte. Er fühlte sich merkwürdig schwindelig. »Verdammte Scheiße, von wem redest du?«

»Na, von Timothy! Hast du denn nicht zugehört?«

»Was ist mit ihm?«

»Ob er wirklich zu alt ist für mich.«

»Du – du …«

Sam legte ihm die Hand auf den Oberschenkel. »Ich glaube, ich muss mich bei dir entschuldigen.«

»Was geht jetzt ab?«

»Ich hab dich auf die falsche Fährte gelockt.«

»Du bist gar nicht …«

»Nein. Jaylin ist ein netter Kerl, aber wie du festgestellt hast, nicht der Richtige für mich.«

»Sag mal, hast du mich die ganze Zeit …«

Sie lachte laut und klatschte begeistert in die Hände. »Maus, es tut mir wirklich leid, du hast es allerdings nicht anders verdient.«

»Du – also …« Er rang nach Worten. »Scheiße, mir ist richtig schlecht!«

»Tut mir leid.« Ihre Hand streichelte über seinen Arm. »Und? Bekomme ich noch eine Antwort oder redest du jetzt nicht mehr mit mir?«

»Du hast – mir den Abend versaut.«

»Die Geschichte auf dem Männerklo war nicht erfolgreich?« Sam rümpfte die Nase. »Ich werde nie verstehen, was ihr Schwuppen daran findet, auf der Toilette rumzumachen.«

Marc rieb sich die Stirn. »Nein. Also – nein … Er ist – anders irgendwie.«

»Jaylin ist lieb und echt süß. Betrachte es als mein Geschenk an euch, dass ihr nicht gleich rumgevögelt habt. Vielleicht lasst ihr euch ein bisschen Zeit.«

»Blablabla …«

»Ja, ich weiß, Frauengeschwätz. Aber du wirst auch nicht jünger. Und ich will vermeiden, dass du mir vor lauter Einsamkeit Timothy abspenstig machst. Also streng dich an, dass das mit dir und Jay was wird.«

Er lehnte sich vor, bis seine Stirn das Lenkrad berührte. »Ich kann's nicht fassen … Du bist eine Hexe!«

»Und du bist ein Teufel, der seine Finger nicht bei sich lassen kann. Glaubst du mir jetzt, dass du immer die Kerle willst, die ich mir aussuche?«

»Das ist kein Beweis, du wolltest ihn ja nicht.«

»Aber du dachtest es. Sonst hättest du dich doch niemals für ihn interessiert. Zu normal, zu unscheinbar …«

Marc schwieg. Es machte ihm Angst, dass Sam vielleicht recht haben könnte. »Eins kann ich dir jedoch versprechen: Dein Silberrücken ist hetero und ich werde mich überaus galant von ihm fernhalten.« Er schüttelte sich. »Brrr, nicht mein Fall.«

»Er sieht gut aus!«

»Schon, aber mindestens zehn Jahre über dem Verfallsdatum.«

»Also in etwa so wie bei dir in schwulen Jahren. Schatz, ich warne dich: Verbock das nicht mit Jay! Ist vielleicht deine letzte Chance.«

Erschöpft betrat Jaylin seine Wohnung. Was für ein Abend! Er lehnte sich gegen die Tür und atmete tief durch. Wenn er sich jetzt entscheiden müsste, dann würde er sich ganz bestimmt nicht wünschen, Ronny zu sein. Mirandas Gequieke pfiff ihm noch in den Ohren. Vielleicht war er doch nicht der einzige Erwachsene auf der Welt, der sich genauso dumm fühlte, wie er zu Schulzeiten gewesen war. Immerhin hatte er nun eindrucksvoll vorgeführt bekommen, dass Alter mitnichten davor schützte, sich bis auf die Unterhose zu blamieren.

Ronny musste gegen Ende seines Aufenthalts auf der Weihnachtsfeier in einen wahren Whiskeyrausch geraten sein, anders ließ sich der Absturz nicht erklären. Bereits auf dem Weg die Treppe hinunter hatte sich sein Zustand leicht verschlechtert. Die kalte Winterluft hatte ihm schließlich vollends die letzten verbliebenen Hirnzellen ausgeschaltet. Danach kam die zackige Taxifahrt, die die Situation auch nicht gerade verbessern konnte. Abwechselnd musste Miranda ihren lieben Gott anflehen und ihrem weniger lieben Gatten drohen, dass dieser sich unter keinen Umständen in den Wagen erleichterte. Und Ronny hatte derweil wohl die durchaus witzige Vorstellung, er säße in der

Achterbahn, so wie er vor Begeisterung und zwischendurch auch Panik gebrüllt hatte. Beängstigend waren aber vor allem die saftigen Rülpser gewesen und das Aufstoßen, das Ronnys Wangen regelmäßig zu Airbags aufgepustet hatte. Wahrscheinlich war der Taxifahrer derart aufs Gas gestiefelt, um den angedrohten Preis für die Reinigung nicht wirklich eintreiben zu müssen. Die eilige Fahrt allerdings hatte wiederum dazu geführt, dass Ronny wie ein Boxsack bei Seegang in seinem Sicherheitsgurt herumgewirbelt worden war. Mehr als einmal hatte er dabei mit dicken Backen zu Jaylin hinübergeschaut.

»Oh Mann«, flüsterte er. Nur zwanzig Minuten hatte diese Geisterbahn gedauert, trotzdem fühlte er sich, als sei er gerade noch mal mit dem Leben davongekommen.

Er legte den Mantel ab und ging gleich ins Schlafzimmer, um sich auszuziehen. In Gedanken sah er einen vor Erregung ganz aufgewühlten Marc, der ihm in der Toilettenkabine gegenüberstand. Die Sequenz, in der dessen Hände an der Hose nestelten, hatte sich ihm regelrecht eingebrannt. Und dann tauchte plötzlich wieder Ronny auf, den er am Ziel aus dem Wagen schieben musste, während Miranda schimpfend von draußen an ihm zerrte. Sollte der gute Ronny irgendwann einmal einen blöden Spruch loslassen, dass Jaylins Frau eigentlich ein Mann war, würde er ihn dezent an diesen Abend erinnern.

Träge warf er seinen Anzug über den Kleiderständer. Obwohl ihm sein feister Kollege zwischen die Gedanken gefunkt war, fühlte sich seine Unterhose ein bisschen zu eng an. Das Zusammentreffen mit Marc im Treppenhaus war eindeutig schöner gewesen. Er strich sich über den Schritt und stellte sich vor, es sei Marcs Hand, die ihn da gerade berührte. Er hatte gesagt, dass er ihn gern auspacken würde. Jaylin versuchte sich vorzustellen, wie das abgelaufen wäre. Aber kaum machte sich Marc in seiner Fantasie an der Anzughose zuschaffen, flog oben die Tür auf und

Ronny stolperte in die Vorstellung. Er musste tatsächlich lachen, als er daran dachte, wie der besoffene Witzbold die Stufen hinuntergerutscht und sich am Geländer gerettet hatte.

Schnaufend ging er ins Bad, um sich die Zähne zu putzen. Vielleicht würde er sich gleich noch einen Film angucken, um besser einschlafen zu können. Möglicherweise ja sogar einen nicht jugendfreien Streifen …

Ihm fiel wieder Ronnys Maurerdekolletee ein. Miranda hatte ihr Bärchen tatsächlich fast ausgezogen, indem sie ihn aus dem Taxi gezerrt hatte. Und dann war Ronny grunzend auf sie gefallen. Jaylin spuckte lachend den Zahnpastaschaum aus. Wie konnte sich ein Mann von fast sechzig Jahren nur so betrinken, dass ihm vollkommen die Mobilität abhandenkam?

»Ronny-Ronny …« Er schüttelte den Kopf. »Ich hätte Fotos machen sollen.« Leider hatten Miranda und der Taxifahrer nicht auf seine tatkräftige Unterstützung verzichten können. Immerhin war Ronny auf diese Weise ohne weitere Zwischenfälle ins Bett gelangt. Miranda hatte dem Fahrer ein Trinkgeld gegeben, das man eigentlich eher als Schweigegeld bezeichnen musste.

Jaylin kehrte ins Schlafzimmer zurück und wollte bereits ins Bett steigen, als ihm Marcs Nummer einfiel. Wahrscheinlich war er noch immer auf der Party. Und überhaupt käme es wohl ein bisschen drängelig rüber, falls er jetzt schon anrief. Andererseits hatte Marc am Ende nicht den Eindruck gemacht, als ob er sich daran stören würde.

Er holte das Briefchen aus dem Jackett, nahm sein Handy und kuschelte sich im Schein der Nachttischlampe unter die Decke. Eine Kurznachricht würde sicherlich nicht so wirken, als hätte er es dringend nötig. Aber der Gedanke, anstatt eines Films vor dem Einschlafen noch Marcs Stimme zu hören und dabei vielleicht …

Jaylin drehte den Umschlag um. Sein Name war in einer weiblich geschwungenen Schrift schräg draufgesetzt. Eigentlich war er bereits im Treppenhaus neugierig gewesen, was man ihm denn da in die Tasche geschoben hatte. Andererseits überkam ihn auch jetzt wieder ein mulmiges Gefühl. Er war auf einer Weihnachtsfeier der Firma gewesen und nicht auf einem Kindergeburtstag. Ein Briefchen kam ihm schon ziemlich seltsam vor.

Er erlaubte sich, zuerst Marcs Nummer ins Handy zu speichern. Dann riss er den Umschlag auf und entfaltete ein gleichfarbiges Blatt. Es war tatsächlich ein ganz traditioneller Brief, sogar passend zur Jahreszeit mit einem winterlichen Aufdruck.

Lieber Jaylin,

ich muss mich bei dir entschuldigen und hoffe, dass du mir verzeihst. Ich weiß, dass wir uns (noch?) nicht gut genug kennen. Trotzdem habe ich mir erlaubt, dich für ein kleines Experiment einzuspannen.

Wie du wahrscheinlich gemerkt hast, habe ich mir in den letzten Tagen etwas Mühe gegeben, dir schöne Augen zu machen. Ein bisschen beleidigt bin ich schon, dass das so ganz ohne Antwort geblieben ist. Aber du wirst sicherlich deine Gründe haben. Letztlich bin ich auch sehr froh darüber.

Ich wollte, dass du glaubst, dass ich mich in dich verguckt habe. Und ja, ich habe durchaus geahnt, dass du höchstwahrscheinlich nicht darauf eingehen wirst. Für mein Experiment hat es gereicht, dass mein lieber Freund Marc überzeugt wird, dass ich dich als meinen nächsten Mann auserkoren habe.

Nun, da du diese Zeilen liest, kann ich nur hoffen, dass die Sache nicht gänzlich aus dem Ruder gelaufen ist. Für den Fall, dass doch, werde ich mich selbstverständlich noch persönlich bei dir entschuldigen und mich in Schadensbegrenzung üben.

Vorab möchte ich dich als kleine Entschädigung aber schon mal zum Essen einladen. Ich kann recht gut kochen und bin nicht immer so aufdringlich. Das würde ich dir gern beweisen. Dies ist übrigens eine Einladung mit Begleitung.

Liebe Grüße,
Samantha

Fassungslos ließ er den Brief los. All diese Berührungen schossen ihm durch den Kopf. Ihm war es die ganze Zeit über schon so merkwürdig vorgekommen. Weshalb sollte ausgerechnet eine hübsche und intelligente Frau wie Samantha derart begriffsstutzig sein, dass sie die mehr oder weniger deutlichen Zurückweisungen nicht verstand? Jetzt war ihm auch klar, dass sie wohl längst geahnt hatte, dass er gar nichts mit Frauen anfangen konnte. Zumindest glaubte er, das zwischen den Zeilen herauszulesen.

Jaylin schnaubte. Tatsächlich war er ein bisschen sauer. Vielleicht sogar ein bisschen mehr. Wenn Samantha nicht ihren merkwürdigen Scherz abgezogen hätte, wären ihm einige peinliche Situationen auf der Arbeit und Grübeleien über selbige erspart geblieben. Er hätte Marc ganz sicher genauso aus der Ferne angeschmachtet, aber der wäre womöglich nicht auf ihn angesprungen. Jaylin wurde klar, dass er nur deshalb mit dem Kerl auf der Toilette gelandet war, weil Marc seine Freundin vor einer Peinlichkeit hatte bewahren wollen. Und die hatte ihn damit reingelegt. Für einen Moment kam er sich als einzig Geschädigter in dem Spiel vor. Ein Blick auf den Umschlag mit Marcs Telefonnummer erinnerte ihn jedoch daran, dass er im Grunde auch etwas gewonnen hatte. Außer vielleicht in der Sache mit dem Outing. Er schluckte. Es würde eventuell nicht ganz so einfach werden, Samantha den Streich zu verzeihen.

»Oh Mann!« Er ließ sich ins Kissen fallen und starrte die Decke über sich an. Sein Herz pumpte überdeutlich. Einen kurzen Moment dachte er darüber nach, ob er Timothy das Outing möglicherweise als Wettschulden verkaufen konnte. Dann rief er sich dessen lockere Reaktion ins Gedächtnis. Marc hatte recht damit, dass er in einer Branche arbeitete, in der Homosexualität kein Problem darstellen sollte.

Nach einer Weile nahm er sich den Brief noch mal vor und las erneut. So ganz erschloss sich ihm der Sinn und Zweck des Experiments nicht. Aber die Einladung am Ende gefiel ihm. Nach dem ersten Schreck hatte er das gar nicht richtig erfasst. Und mit Begleitung. Auch hier glaubte er, zwischen den Zeilen eine Anspielung herauszulesen. Allerdings hatte Samantha unmöglich vorher wissen können, was zwischen Marc und ihm passieren würde. Wahrscheinlich würde der Kerl als ihr bester Freund ohnehin beim Essen dabei sein.

Er legte den Brief weg und griff zum Handy. Eine Welle von Zweifeln rollte über ihn hinweg. Was, wenn Marc es gar nicht ernst gemeint hatte? Was, wenn er ihn nur heute anziehend gefunden hatte, weil niemand Besseres greifbar gewesen war? Was, wenn er in ihm nur einen von vielen sah? Er dachte an das Gefühl zurück, als er Stanley verloren hatte. Niemals würde er damit klarkommen, seinen Partner zu teilen. Das durften andere gern anders sehen, aber für ihn kam eine offene Beziehung nicht infrage. War Marc der Typ, der sich festlegen konnte? Und noch wichtiger: War er selbst derjenige, für den sich ein Traumkerl wie Marc zurücknehmen würde? Die Szene auf dem Herrenklo hatte schon irgendwie den Eindruck gemacht, dass es für ihn nicht das erste Mal spontan und unverbindlich zur Sache gehen sollte.

Jaylin drehte das Telefon in den Händen. Immer wieder entsperrte er das Display, rief Marcs Nummer auf und wartete so lange, bis sich das Handy zurück in den Ruhemodus begab. Er brauchte fast eine halbe Stunde, bis sein Finger über dem Button verweilte, der den Anruf veranlassen würde. Und es dauerte noch mal eine halbe Minute, bis er mit zusammengebissenen Zähnen und verzerrtem Gesicht tatsächlich auf die Stelle des Displays tippte. Er widerstand dem ersten Impuls, den Verbindungsaufbau schnell wieder abzubrechen. Es tutete. Jaylin war sich sehr sicher, dass Marc seinerseits ganz bestimmt nicht solch ein Theater veranstalten würde. Der hätte sicherlich längst angerufen und gefragt, was abging.

»Ja?«, meldete sich seine Stimme.

»Ähm, hallo. Hier ist Jay …«

Einen schrecklichen Augenblick lang war die Leitung wie tot. Jaylin fühlte sich merkwürdig klein. Am liebsten wollte er einfach auflegen und diesen ganzen Krampf, der ihn so unsicher machte, vergessen.

»Jay!«, rief Marc. »Hey, damit hab ich ja jetzt gar nicht gerechnet.«

»Ja, ich auch nicht.«

Marc lachte. »Schön, dass du uns beide überrascht hast.«

»Bist du schon – zu Hause?«

»Seit einer Weile. Wir sind gleich nach dir gegangen.«

»Oh …«

»Alles klar mit deinem Kollegen?«

»Ja, er hat sich gerade noch so beherrschen können, um nicht ins Taxi zu göbeln.«

»Manche Leute können sich echt nicht benehmen. Die sollten sich mal ein Beispiel an uns nehmen. Auf der Toilette und im Treppenhaus, das war Beherrschung pur.«

Jaylin lachte ein wenig verlegen.

»Ich freu mich wirklich, dass du meine Nummer nicht weggeworfen hast.«

»Warum sollte ich das tun?«

»Na, weil ich vielleicht zu aufdringlich war und generell nicht dein Fall? Was weiß ich …«

»Also du weißt ja wohl zumindest, dass du super aussiehst.«

»Danke, aber das ist nicht alles. Glaub mir, Sam erinnert mich nur zu gern und allzu oft daran. Apropos: Hast du den Brief gelesen?«

»Ja.«

»Natürlich. Der war ja gleich im Umschlag, auf den ich meine Nummer …«

»Bist du nervös?«, fragte Jaylin dazwischen.

»Muss ich?«

»Keine Ahnung. Ich glaub eigentlich nicht. Allerdings verstehe ich den Brief nicht wirklich.«

»Lies mal vor.«

»Gar nicht neugierig, wie?«

»Na gut, ich kann auch vorbeikommen und selbst lesen. Passt es dir in einer Stunde?«

Jaylin lachte. Ihm gefiel es, Marc so aufgekratzt zu erleben. »Sag mal, hast du dich vorhin auf der Feier nur zusammengerissen?«

»Dass ich nicht über dich hergefallen bin?«

»Weil du jetzt so übermütig bist.«

»Ich freu mich nur, dass ich nun deine Nummer habe. Ich hoffe, du hast nicht vergessen, die Rufnummernunterdrückung einzuschalten, bevor du gewählt hast.«

»Nein, schon okay.«

»Und? Darf ich noch vorbeikommen? Natürlich nur, weil ich so neugierig auf den Brief bin.«

Jaylin zögerte. Tatsächlich wäre es eine feine Sache, den hübschen Marc in seinem Bett zu haben. Allerdings wusste er genauso gut, dass er vielleicht wieder ein wenig überfordert wäre. »Was hältst du davon, wenn du morgen zum Frühstück kommst? Ich bewahre den Brief so lange auf.«

»Zehn Uhr?«

»Bring Brötchen mit.«

»Du bist schon ziemlich anspruchsvoll, oder?«

»Weil ich Brötchen will?«

»Na ja, ich sorge fürs Frühstück, bin aber nicht vorher in den Genuss der gemeinsamen Nacht gekommen.«

»Bei mir läuft das halt ein bisschen anders. Ich …«

»Hör zu, Jaylin.« Mit einem Mal klang Marc absolut ernst. »Ich hab das gemerkt. Und ja, ich glaube, es würde mir zur Abwechslung gefallen.« Er räusperte sich. »Immer vorausgesetzt, du willst es ebenso. Ich meine, was Richtiges …«

Jaylin schluckte. »Ich wollte eigentlich sagen, dass bei mir die Nacht auf das Frühstück folgt, nicht umgekehrt.«

»Oh …«

»Aber – ähm … Was du sagst, ja, das klingt auch ganz gut.«

Marc schwieg.

»Wusstest du, dass man sogar gleich nach dem Frühstück miteinander in die Kiste hüpfen kann?«

Marc lachte. »Da hab ich nicht so viel Erfahrung. Aber ich lass mich gern überraschen.«

Es lag nicht am Montag allein, dass Sam keine Lust auf die Arbeit hatte. Vielleicht war es doch eine Fehlentscheidung gewesen, sich nicht von Timothy nach Hause fahren zu lassen. Aber er hatte ihr nicht das Gefühl gegeben, dass er ihrer Einladung nicht folgen würde. Sonst wäre sie noch geblieben und hätte Marc allein fahren lassen. Nun war sie den gesamten Sonntag erst mit Warten beschäftigt gewesen und anschließend damit, sich selbst unglaublich dumm zu finden. Sie hätte ihm womöglich lieber ein Date am Abend vorschlagen sollen, anstatt ihn zum Brunch zu sich zu bitten.

Lustlos organisierte sie die Termine. Wie immer nach einer Weihnachtsfeier gab es spontane Urlaubstage und ein paar Krankschreibungen. Sie selbst hatte kurz mit dem Gedanken gespielt. Der gestrige Abend zählte nicht zu den Höhepunkten ihres Lebens. Allerdings würde sie zu Hause auch nichts anderes tun, als sich zu grämen. Da bestand hier schon eher die Chance auf kleine Ablenkungen.

Wie auf Kommando taumelte Ronny aus dem Aufzug und watschelte den Flur entlang auf sie zu. Er wirkte nervös.

»Ronny«, begrüßte sie ihn.

»Sam-Sam, ich hoffe, du hast einen Tag, der mindestens genauso wunderschön ist wie du es bist.«

Sie lachte höflich. »Wie kann ich dir helfen?«

»Ich hab doch um zehn einen Termin bei Will.«

»Aber den habe ich abgesagt. Hast du deinen Kalender nicht abgerufen?«

»Ach, dieser moderne Mist! Ich habe meinen Kalender hier.« Er zeigte auf seine glänzende Stirn.

»Leider ist Will heute spontan verhindert, tut mir leid. Ich versuche, demnächst daran zu denken, dass ich dich kurz anrufe und Bescheid sage.«

»Das wäre sehr lieb. Was hat er denn, der gute Will?« Ronny zwinkerte. »Ich hatte heute Morgen auch einen Moment lang das Gefühl, spontan verhindert zu sein.« Er lachte laut.

Sam nickte mitfühlend. In der Tat machte Ronny nicht den Eindruck, dass ihm in seinem Alter ein Sonntag reiche, um sich von einer Weihnachtsfeier zu erholen.

Plötzlich senkte er die Stimme. »Sag mir, Sam-Sam, habe ich einen Grund, mich bei dir zu entschuldigen?« Ihm schien die Frage äußerst unangenehm zu sein.

»Aber nein, Ronny.« Sie lächelte so aufmunternd wie es nur ging. »Alles in Ordnung.«

»Ich meine ja nur, weil meine Frau … Sie hat mir ein bisschen Dampf gemacht, weil ich mich wohl nicht ganz vorbildlich benommen habe.« Jetzt bildeten sich Schweißtropfen auf seinem Gesicht.

»Mir ist nichts aufgefallen. Und wenn, dann gilt ohnehin, dass alles, was auf der Feier passiert ist, auf der Feier bleibt, nicht wahr?«

»Du bist ein Schatz, Sammy.« Sichtlich erleichtert wankte er zurück auf die Aufzüge zu.

Sam versuchte, sich wieder auf ihre Terminplanung zu konzentrieren. Ronny war auf jeden Fall nicht der einzige, der heute mit leichten Bedenken durch die Gegend lief. Sie selbst eingeschlossen. Normalerweise besorgte sie sich morgens immer einen Kaffee in der Gemeinschaftsküche im zweiten Stock und hielt mit den Kollegen kurz ein Schwätzchen. Heute hatte sie lieber darauf verzichtet, um Timothy nicht zufällig über den Weg zu laufen. Der arbeitete nämlich in der Dritten und bei ihrem Glück … Jaylin saß ebenfalls dort. Bei ihm wäre eine ungewollte Begegnung noch wahrscheinlicher.

Ihr Angebot an Timothy war ihr inzwischen genauso peinlich, wie die ganze Geschichte, die sie mit Marc und Jaylin veranstaltet hatte. Da half es nicht mal, dass Marc ihr eine fröhliche Nachricht geschickt hatte. Immerhin bei ihm schien es mit dem Date geklappt zu haben.

Sie buchte einen Flug um und schickte zwei Hotelreservierungen raus. Ihre Gedanken aber wanderten immer wieder zu Jaylin. Sie hatte noch keine Gelegenheit gehabt, Marc auszufragen. Eigentlich ein gutes Zeichen, dass er zu beschäftigt war, um sich mit ihr auszutauschen. Und nach der Kurzmitteilung war sie davon überzeugt, dass er nicht sauer auf sie war. Ob das allerdings auch für ihren Kollegen galt? Dass der sich mit ihrem besten Freund einließ, hieß nicht automatisch, dass damit alles gut war. Im Nachhinein hatte sie das spontane Outing sehr bewegt. Jaylin hatte alles andere als glücklich ausgesehen. Immer wieder ging ihr sein bleiches Gesicht und das Zittern seiner Hände durch den Kopf.

Gegen ein Uhr knurrte ihr Magen. Blöderweise hatte sie vergessen, sich etwas mitzubringen. Noch während sie überlegte, ob sie in ihrer Pause tatsächlich durchs Haus laufen wollte, glitten die Aufzugtüren auf. Jaylin kam auf sie zu. Das war das erste Mal, dass er überhaupt zu ihr heraufkam.

Sam schluckte. Angespannt versuchte sie, seinen Gesichtsausdruck zu deuten. Richtig wütend wirkte er nicht, aber auch nicht gerade freundlich.

»Ich bin sauer«, sagte er ohne Umschweife und legte den Brief auf den Empfangstresen.

»Jay …« Sie stand auf. »Es tut mir wirklich, wirklich …«

»Findest du es nicht ein bisschen makaber, dass du mich erst als Begleitung für die Weihnachtsfeier anwirbst, also sehr genau weißt, dass ich alleinstehend bin, und mich danach zu einem Essen einlädst – mit Begleitung?«

Sam hielt einen Moment inne. Es war offensichtlich, dass Jay verärgert war, aber in seinen Augen blitzte es auch frech.

Er lachte schließlich los. »Jetzt hast du wohl einen Schreck bekommen, was?«

»Allerdings«, sagte sie lahm.

»Dann kann ich dir ja nun mitteilen, dass ich die Einladung annehme. Eine persönliche Entschuldigung halte ich für angemessen.« Jaylin spitzte die Lippen und nickte, als müsste er sich selbst bestätigen. »Ja, und – ähm … Danke.« Er grinste.

Sam wollte schon fragen, wofür. Ihr fiel jedoch noch rechtzeitig das Leuchten in den Augen ihres Gegenübers auf. Sie wusste wofür er sich bedankte. Plötzlich wurde ihr warm. Wie blöd es auch immer für sie selbst gelaufen war, sie hatte mit ihrem Blödsinn etwas Gutes angestoßen. Vor allem freute es sie für Marc. Vielleicht, vielleicht wurde der Kerl endlich mal sesshaft. Sie würde es ihnen beiden gönnen – und sich ebenso. Auch wenn aus Timothy und ihr nichts werden sollte, so hätte sie für zukünftige Schwärmereien eine Gefahrenquelle ausgeschaltet. »Immer praktisch denken.«

»Wie bitte?«

Sam räusperte sich. »Ich – ich sagte: Immer praktisch denken. Ich bin langsam in dem Alter, da ich mich für Pärchenabende und Häuslichkeit begeistern kann.«

»Dann weißt du ja, wen ich zum Essen mitbringe. Was hältst du von Samstag?«

»Achtzehn Uhr?«

»Geht klar.«

»Irgendwelche Wünsche?«

Er zögerte. »Keine Ahnung, was …« Mit einem Mal grinste er breit. »Aber du weißt doch, was er gern isst.«

Sam lachte. »Ja, weiß ich. Also gibt's ein typisches Weihnachtsessen.«

»Fein.«

Sie sah sofort die Abneigung in seinem Blick. »Du wirst schon noch merken, dass in dem wilden Löwen ein überraschend zahmes Kätzchen hockt. Wird schmecken, versprochen.«

»Wenn's ihm gefällt, vielleicht werd ich bald ein Freund der Weihnacht.«

»Na, was die Geschenke angeht, kann dieses Jahr eigentlich nichts mehr schiefgehen, oder?«

Jaylin zwinkerte frech, bevor er sich umdrehte und ging.

Sam sah ihm versonnen nach. Ein bisschen fühlte sie sich nun doch nach Weihnachten. Sie freute sich aufs Essen mit den Jungs. Sie würde Rose bitten, ebenfalls vorbeizukommen. Vor allem hoffte sie aber und wünschte es sich, dass Marc durchhielt und sie mit ihrer Ankündigung richtig lag, dass dieses Jahr bei den beiden nichts mehr schiefgehen würde.

Jaylin war kaum weg, als ein Mann im grünen Overall auf sie zukam. Er hielt einen großen Strauß Blumen in der Hand. Wahrscheinlich eine Aufmerksamkeit eines Kunden. Üblicherweise bekamen die Herren allerdings eher Wein geschenkt.

»Man hat mir gesagt, ich solle in der fünften Etage am Empfang nach Sam fragen. Kennen Sie einen Sam?«

»Ja, das bin ich. Ist nur abgekürzt.«

»Oh, entschuldigen Sie.«

»Kein Problem. Zeigen Sie mal her, ich schaue nach, an wen das geht.«

Er reichte ihr einen Zettel. »Na ja, an Sam – also für Sie.«

Sie sah den Mann überrascht an.

»Es liegt auch ein Brief dabei.« Er deutete auf einen Umschlag, der zwischen den Rosen steckte. Dann grinste er. »Der Kerl sieht gut aus, hat meine Frau gesagt. Ich soll Ihnen von ihr gratulieren.« Er schüttelte belustigt den Kopf. »Würden Sie hier bitte den Empfang bestätigen?«

Sam unterschrieb den Zettel und nahm den Strauß entgegen.

»Sie können ihn übrigens gleich ins Wasser stellen, ist frisch geschnitten.«

Es waren sicherlich dreißig Rosen. Dazwischen war Tannengrün eingesponnen. Hier und da lugte sogar ein Tannenzapfen hervor. Und über den weihnachtlichen Farben ragte Schleierkraut heraus, sodass es aussah, als würde es schneien. Sam war so gebannt, dass sie gar nicht merkte, dass der Lieferservice wieder ging. Minutenlang bestaunte sie das geschickte Arrangement und erfreute sich an der floralen Weihnachtslandschaft. Schließlich nahm sie die Folie ab. Ein herrlicher Duft nach Rosen und Tannenzweigen stieg ihr in die Nase. Eilig holte sie eine Vase aus ihrem Büroschrank und stand kurz hilflos da. Anstatt in der Küche Wasser zu holen, griff sie kurzerhand zur Mineralwasserflasche. Erst, als sie die Blumen versorgt hatte, widmete sie sich dem Umschlag. Sie kannte die Schrift nicht, aber sie wusste dennoch, von wem die Nachricht war.

Liebe Samantha,

leider habe ich es nicht geschafft, deine Einladung zum Brunch anzunehmen. Nimm diese kleine Geste bitte als Entschuldigung. Ich hoffe sehr, dass du dich noch mal traust, mich an einem anderen Wochenende erneut einzu-

laden. Falls dir eher nach einem Abendessen sein sollte, darfst du meine Einladung hierzu gern schon früher annehmen. Ich kenne ein hervorragendes Restaurant. Zu meinem Leidwesen wird man nur in Begleitung einer wunderschönen Frau eingelassen. Vielleicht darf ich da auf deine freundschaftliche Mithilfe hoffen, wenn dir Essengehen zu sehr nach einem Date klingt. Ein Date können wir später jederzeit auf Wunsch nachholen.

Timothy

Von diesem Augenblick an war ihr Tag gerettet. Natürlich war ihr die Möglichkeit durch den Kopf gegangen, dass Timothy die Einladung eventuell nicht aus Desinteresse hatte verstreichen lassen. Die Unsicherheit hatte sich jedoch mit jeder Minute Grübeln gesteigert. Nun wusste sie endlich, dass doch alles in Ordnung war. Und sie hatte auch schon einen Plan, für wann sie Timothy einladen würde. Rose sollte aber trotzdem kommen. Sam schwebte da jemand vor, mit dem sie sie gegebenenfalls verkuppeln konnte.

»Bloß nicht wieder so ein Chaos«, murmelte sie und roch an ihren Blumen. Ihr Magen knurrte. Dankbar stellte sie fest, dass es nun keinen Grund mehr gab, sich hier oben zu verstecken. Eilig schnappte sie ihre Handtasche und nahm den Mantel von der Garderobe.

Jaylin war ein bisschen nervös. Sie standen vor Sams Haus und sein Freund drückte gerade den Klingelknopf. Ja, sie hatten ihren Status erst vorhin geklärt. Nach fast einer Woche, die sie mehr gemeinsam als getrennt verbracht hatten, war es Marc gewesen, dem die Frage rausgerutscht war. Natürlich hatte Jaylin schon die ganze Zeit darüber nachgedacht, sich allerdings verboten, den ersten Schritt zu wagen. Er wollte nicht drängelig wirken und das unverhoffte Glück womöglich wieder vertreiben.

»Mein Freund«, sagte er.

»Ja?« Marc grinste breit. »Kannst mich auch gern beim vollen Namen nennen: Mein fester Freund.« Nach einer kurzen Pause fügte er an: »Sam wird ausrasten, wenn ich ihr das – oh, entschuldige, ich muss mich noch umgewöhnen – wenn wir ihr das erzählen.«

»Lässt sie dann die weißen Tauben steigen?«

Marc lachte laut auf. »Hey, du bist doch der Softie von uns beiden. Kannst du mal aufhören, hier so eine unromantische Stimmung zu machen?«

»Manche Menschen können nicht zwischen Romantik und Kitsch unterscheiden.«

»Dann mach dich mal auf was gefasst. Sam findet Weihnachten nämlich total romantisch.«

»Hab es schon befürchtet.«

Marc legte einen Arm um Jaylins Hüfte und zog ihn an sich. »Ich übrigens auch.«

»Hiermit halte ich mal fest, dass du der Softie von uns beiden bist.«

»Wenn ich dein Gesicht sehe, glaub ich dir sogar.« Er schüttelte mitleidig den Kopf. »Du kannst den Zirkus wirklich nicht leiden, was?«

Jaylin war nicht nach Lächeln zumute. »Nein.«

»Nun zieh nicht so eine Fratze.« Marc nahm zärtlich sein Kinn. »Ich kann ja verstehen, dass du Weihnachten nicht magst. Aber weshalb du dir deshalb hässliche Falten in die Visage bügelst, das ist mir …«

»Hey!« Spaßig schlug Jaylin die Hand beiseite. »Du sei lieber still. Ich hab in den letzten Tagen sehr genau gesehen, an welchen Stellen du nicht ganz perfekt geraten bist.«

Marc seufzte. »Du lernst zu schnell.« Er kniff Jaylin in den Hintern.

»Verdammt, macht sie langsam mal auf?«

»Wir sind einen Tick zu früh. Sie wirft gerade bestimmt überall noch schnell Dekosterne aus.« Er kicherte.

Jaylin seufzte. »Hätte ich mal nicht zugesagt. Ich würde jetzt viel lieber zu Hause mit dir …«

Der Türsummer unterbrach ihn und er folgte Marc ins Treppenhaus. Sie stiegen in den Aufzug.

»Was wolltest du sagen? Waren da irgendwelche unchristlichen Gedanken in deinem Kopf?«

»Nur und immer.«

»Ich hoffe, du kennst ein weihnachtliches Tischgebet. Sam besteht darauf, dass der Gast das übernimmt.«

Jaylin riss die Augen auf. »Was?« Er entdeckte das freche Funkeln in den Augen seines Freunds. »Hör auf, damit macht man keine Späße!«

»Ich kann dir ein Gebet zuflüstern.«

»Du bist auch Gast, du kannst gern selbst etwas vortragen.«

»Ich bin ihr bester Freund, ich gehöre zum Inventar.«

»Lieber Herr im Himmel, schenk meinem Freund nen großen …«

Der Aufzug gab ein kurzes *Bling* von sich und öffnete die Türen.

»Moment!«

Jaylin wurde unsanft zurückgerissen. »Was denn?«, fragte er.

»Bist du etwa unzufrieden?«

»Ich? Womit?«

»Was war das für ein lausiges Tischgebet?«

»Ich weiß nicht, was du meinst.«

Marc packte mit beiden Händen Jaylins Hintern und presste ihn an sich. »Du weißt sehr genau, was ich meine. Wie geht's weiter? Ich will es komplett hören, bis zum abschließenden Amen.«

»Na gut: Amen.«

»Nein, das davor.«

»Hast du denn nicht richtig zugehört?«

»Der Aufzug hat dich ausgepiepst.« Marc grinste. »Wahrscheinlich war das auch ganz gut so, sonst müsste nämlich die Rute zum Einsatz kommen.«

»Du bist echt versaut, weißt du das?«

»Wer hat denn hier ein schweinisches Gedicht aufgesagt?«

»Kein Gedicht, sondern ein Tischgebet.«

»Bei Tisch gehört sich dergleichen nun überhaupt nicht.«

»Was ist an einem großen Appetit bitte verwerflich? Ich bin mir sehr sicher, dass es reichlich geben wird, da wäre es wohl blöd, wenn ich dafür bete, dass du bereits satt bist, oder?« Diebische Freude kitzelte in Jaylins Bauch.

»Wenn man dich so sieht, glaubt man gar nicht, wie faustdick du es …«

»Ha!«, fuhr Jaylin schnell dazwischen. »Wer hat jetzt die unchristlichen Gedanken? Das ist ja wohl mal richtig versaut! *Faustdick* … Ich glaub's noch!«

Marc lachte.

»Jungs?« Sam stand in der Wohnungstür. »Ist das euer erster Ehestreit?«

»Vorbereitung auf die Hochzeitsnacht«, sagte Marc. Er zog Jaylin aus dem Aufzug.

»Schön, dass ihr da seid. Kommt rein.«

Sie ließen sich von Sam umarmen. Dann tauchte Timothy im Flur auf.

Jaylin schluckte. Sam hatte tatsächlich seinen Chef zum Essen eingeladen? Schlagartig wurde ihm wieder flau im Magen.

»Guten Abend, Jungs.« Aus Timothys Mund klang das betont locker und irgendwie unpassend.

»Hallo.« Jaylin gab seinem Boss die Hand.

»Ich muss zugeben, ich hab erst an einen Scherz gedacht. Auf so einer Weihnachtsfeier … Na ja, die Leute kommen mitunter auf seltsame Ideen, wenn sie ausgelassen sind.« Timothy räusperte sich. »Aber ich freue mich für euch.«

»Jay!« Sam zog ihn ein Stück zurück. Sie deutete nach oben. Unter der Decke hing ein Mistelzweig. Sie grinste breit und drückte Marc und ihn zusammen. »Wenn ihr fertig seid, kommt durch. Das Essen ist gleich fertig.«

Schon standen sie sich allein im Flur gegenüber.

»Alles okay?«, fragte Marc leicht besorgt.

»Ja, ich denke schon.«

»Ist halt noch ungewohnt.«

»Ich komm schon klar.« Trotzdem kam es Jaylin merkwürdig

vor, in einer fremden Wohnung die Arme um seinen Freund zu legen.

»Alles ist okay«, flüsterte Marc.

»Hör auf zu reden und küss mich endlich, oder soll das hier ewig dauern?«

»Du bist ein kleines Arschloch.«

Sie küssten sich viel länger, als man es normalerweise unter einem Mistelzweig tut. Schließlich löste sich Jaylin, hielt seinen Freund aber fest. Mit einem Grinsen im Gesicht flüsterte er ihm ins Ohr: »Keine Sorge, alles perfekt mit deinem Schwanz.«

»Das Schicksal ist echt ein fieser Clown, so wie es die Zufälle streut.« (Timo)

Manchmal können zwei Tage ausreichen, um das Leben für immer zu verändern.

Timo ist verwirrt. Neben ihm sitzt ein neuer Schüler: Marke Machokerl mit einem Sprachgefühl wie ein Dosenöffner. Am liebsten würde Timo einfach weiter in seinem Buch schmökern. Doch zu seiner Überraschung interessiert sich der Neue ausgerechnet für ihn. Yannick ist sitzengeblieben, hat die Schule gewechselt und will nun seine zweite Chance nutzen. Er hätte gern Nachhilfe – und zwar überall. Als typischer Außenseiter fragt sich Timo natürlich, ob das nicht vielleicht ein Hinterhalt ist. Allerdings scheint Yannick wirklich nett zu sein. Wäre da nur nicht dieses Gefühl, dass irgendwas nicht stimmt …

Auch coole Jungs können nett sein – und auch die Netten haben ihre Geheimnisse.

Auch coole Jungs können nett sein – und auch die Netten haben ihre Geheimnisse.

Florian Höltgen
Einfach nur nett
Gay Romance

Als Printbuch und eBook erhältlich

»Jo, glotzt'n?«
Ich zucke zusammen. »Ähm … Nur so …«
Yannick lächelt mich an. Er wirkt freundlich und offen. Kein bisschen machohaft oder arrogant. »Wolkenkuckucksei, hä?«
»Bitte was?«
»Jo, du halt so, ne?«
»Was für ein Ding soll ich sein?«
»Wokenkuckucksei halt. Kenns nich?«
Ich lache los. »Du meinst Wolkenkuckucksheim!«
»Oda so … Check!«